向美而行

主编　于丽莎　彭纾闵

大连海事大学出版社

图书在版编目(CIP)数据

向美而行 / 于丽莎，彭纾闵主编． — 大连 ： 大连海事大学出版社, 2019.4
ISBN 978-7-5632-3789-0

Ⅰ.①向… Ⅱ.①于… ②彭… Ⅲ.①中国文学－当代文学－作品综合集 Ⅳ.①I217.1

中国版本图书馆CIP数据核字(2019)第072436号

大连海事大学出版社出版

地址:大连市凌海路1号　邮编:116026　电话:0411-84728394　传真:0411-84727996

http://www.dmupress.com　E-mail:cbs@dmupress.com

大连住友彩色印刷有限公司印装　　大连海事大学出版社发行

2019年4月第1版　　2019年4月第1次印刷

幅面尺寸:170 mm × 230 mm　　印数:800册

印张:8.75　　字数:155千

出 版 人:徐华东

责任编辑:杨　洋　　责任校对:刘长影

封面设计:张爱妮　　版式设计:张爱妮

ISBN 978-7-5632-3789-0　　定价:44.00元

编委会

主　　编　于丽莎　彭纾闵

副 主 编　熊婧贻　吴　穷　王　超　刘　磊

编写人员　刘洹均　崔安迪　丁　雪　彭译侬

　　　　　王子淳　曲　乐

序言

习近平在全国教育大会上指出:“要努力构建德智体美劳全面培养的教育体系,形成更高水平的人才培养体系。”习近平为新时代教育工作和人才培养工作规划了蓝图,指明了方向。美育教育是新时代人才培养体系的重要组成部分,以美育人、以文化人,提高学生审美和人文素养已经成为培养学生成长的重要育人途径。

各美其美,美人之美,美美与共,天下大同。艺术是美丽的,是互通的,也是人类文化作品的集大成。英国著名诗人伊丽莎白·芭蕾特·布朗宁曾说过:“艺术应当担负起哺育思想的责任。”优秀的艺术作品以其特有的感染力和影响力,具有陶冶情操、涵育品格、引领思想的重要意义,艺术教育也成为培养新时代大学生的重要育人载体。

教育是党之大计、国之大计。长期以来,大连海事大学党委落实立德树人的根本任务,深入对标德智体美劳全面发展的人才培养体系,提出集情商、智商、体商、技商为一体的“四商”培养体系。党有号召,团有行动。大连海事大学团委在习近平新时代中国特色社会主义思想的指引下开展各项工作,寓教于学,寓教于艺,通过丰富多彩的文化艺术活动,以歌曲、舞蹈、陶艺、话剧等多种艺术形式,积极培育和践行社会主义核心价值观,取得了良好的教育成效:原创话剧《王亚夫》在辽宁省第五届大学生戏剧节中荣获剧目一等奖、优秀组织奖、表演一等奖等共计33项大奖,并作为辽宁省唯一的高校选送作品参加全国展演;原创舞蹈《碧海雄心》在辽宁省第五届大学生戏剧节中荣获一等奖。

全书共分为“爱国”“励志”“求真”“力行”等四个篇章，主要收纳了近年来由学生自主创作的艺术作品，希望与读者共同回味创作经历，品读作品内容，分享青春感悟，从而使得青春正能量向更深处、更广处传播，以良好的育人成效回答好“培养什么人”这一时代教育之问，为建设交通强国，实现“两个一百年”奋斗目标，培养更多更优秀的合格建设者和可靠接班人。

编者

2019年1月

于大连海事大学

目录

爱国·篇

《航向 赤心不变》《赤心 蓝海荡波》 …… 3
《起航》 …… 10
《蓝海卫士》 …… 16
《王亚夫》 …… 21
《灯塔》 …… 34

励志·篇

《音为梦想》 …… 41
《渴望》 …… 47
《心墙》 …… 53
《寸草春晖》 …… 64

求真·篇

《绽放》 …… 79
《向往》 …… 85
《蓝海故人》 …… 91
《我的大学》 …… 96

力行·篇

《与你同在》 …… 109
《海大人》 …… 115
《海的追寻》 …… 121
《那时花开》 …… 126

爱国·篇

《航向 赤心不变》《赤心 蓝海荡波》
《起航》
《蓝海卫士》
《王亚夫》
《灯塔》

《航向 赤心不变》《赤心 蓝海荡波》

【创作背景】

《航向 赤心不变》《赤心 蓝海荡波》是大连海事大学校园原创歌曲，两个版本的词、曲作者均为海大师生，歌曲创造性地将海大艺术育人特色与思想政治教育相融合，是大连海事大学青年马克思主义者培养工程的重要成果。

习近平对新时代青年寄予厚望，从富有哲理性地提出“扣好人生的第一粒扣子”到“理想指引人生方向，信念决定事业成败”；从“处优而不养尊，受挫而不短志”到“紧跟时代砥砺前行，担当责任奋发有为”。习近平的寄语迅速在祖国大地如春潮涌起，为广大青年学生指明了青春航向，也引起了海大学子的深切共鸣。大连海事大学艺术教育中心教师彭纾闵与2013级学生崔安迪有感于此，结合大连海事大学建校百年来对航运事业的贡献和多年来的丰硕育人成果，创作了歌词《航向》，大连海事大学1990级校友、作曲家崔乃东与彭纾闵老师、2016级学生底子杰为该歌谱曲。整个作品紧紧围绕“立德树人”这一宏大的教育主题展开，充满深情，饱含温情，词曲融为一体，具有强烈的时代感和教育意义，生动地描绘出了大连海事大学的百年历史以及灿烂文化，将大连海事大学的育人成果融入歌中，潜移默化地影响青年学生的价值取向、行为方式以及思维模式，成为艺术育人成果的集中体现。

歌曲《航向》共有两个版本，分别针对教师和学生两个群体，集中展现了海大师生在全国教育大会精神的指引下，聚焦“六个下功夫”，实现教育作为，以青春姿态献礼庆祝改革开放40周年。

【作品内容】

航向(一)

作词:崔安迪(物流管理 2013级)
彭纾闵(大连海事大学教师)
作曲:崔乃东(船舶驾驶 1990级)
彭纾闵(大连海事大学教师)

1=♭D 4/4
♩=60-120

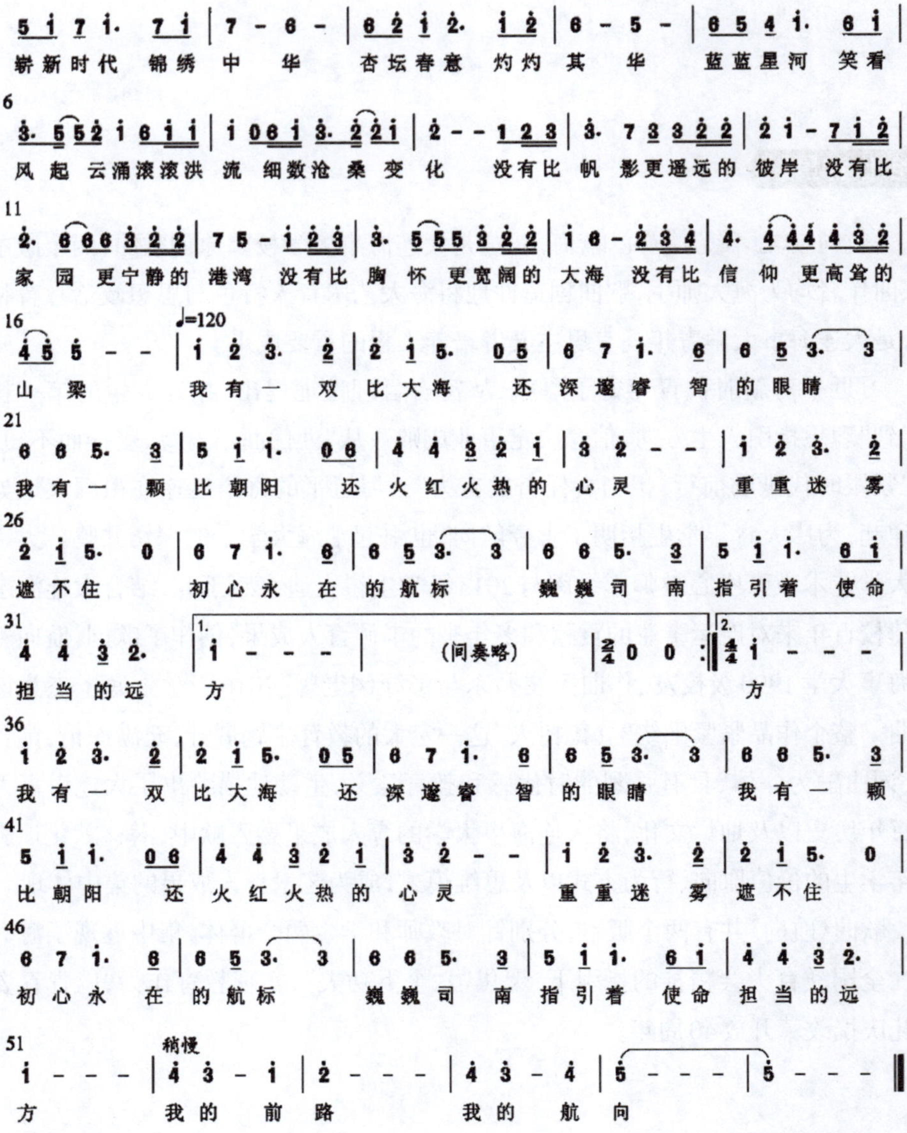

航 向(二)

1=A $\frac{4}{4}$
♩=128

作词:崔安迪 (物流管理 2013级)
作曲:底子杰 (计算机科学与技术 2016级)

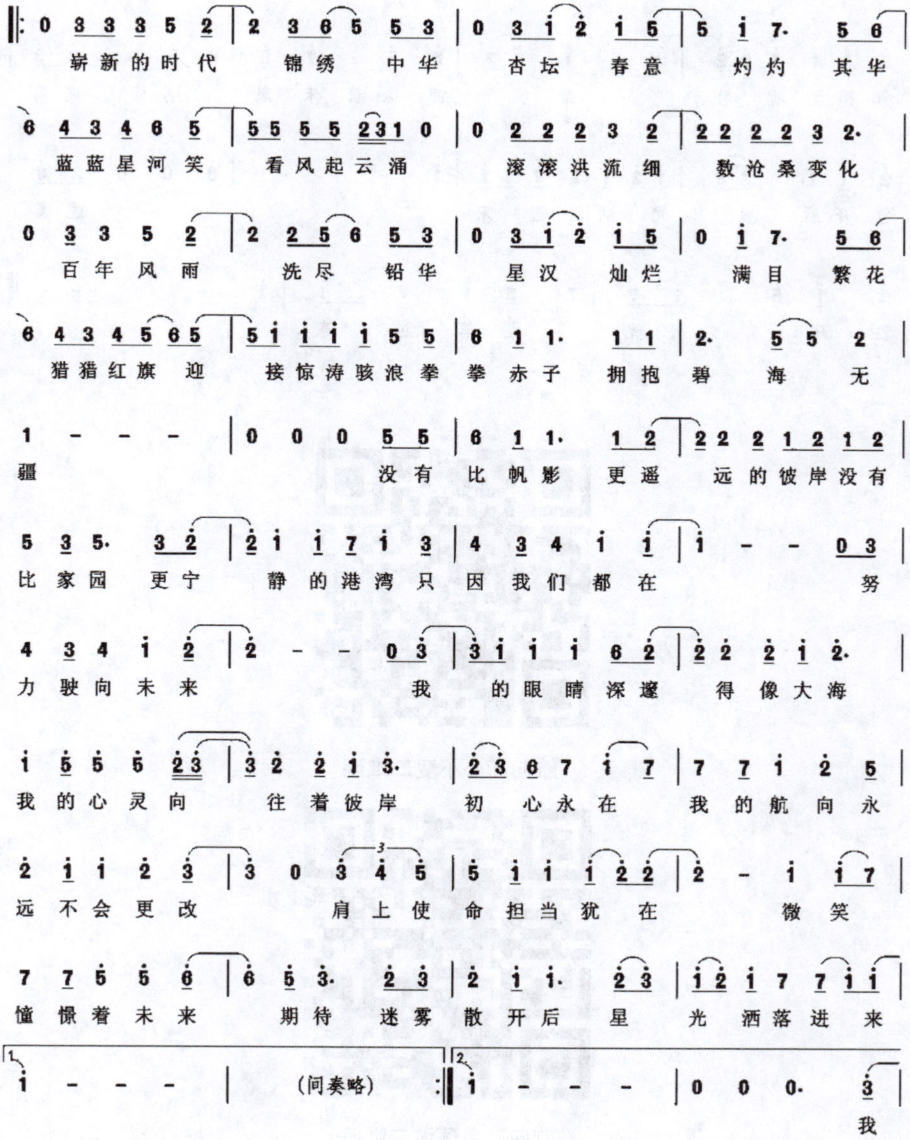

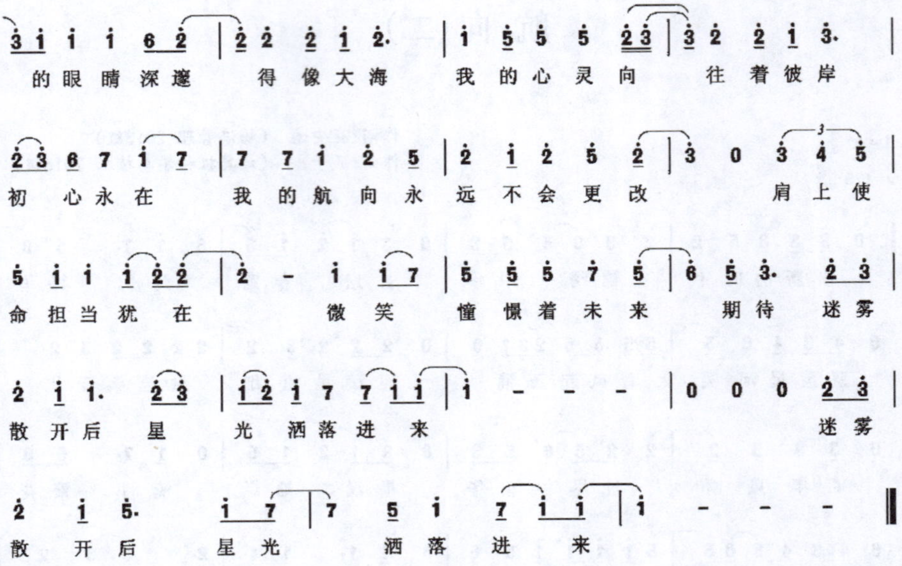

航向赤心不变二维码

航向蓝色荡波二维码

【思想启迪】

以理想为桨 以志向为舵 把定人生航向

理想是人生的奋斗目标，是对未来生活的向往和追求，是一个人的政治立场和世界观的集中反映。理想信念是青年学生思想行动的指南，世界观、人生观、价值观直接决定青年学生的人生航向。大连海事大学力求以“青年马克思主义者培养工程”为主要阵地，使“青年马克思主义者培养工程”在建立健全培训机制、加强跟踪培养机制上切实取得实效。青年人只有树立崇高的理想，以青春为舵盘，才能把定人生的航向，驶向广阔的未来。

时代航向——展望未来，大有可为

正如歌中所唱：“猎猎红旗迎接惊涛骇浪，拳拳赤子拥抱碧海无疆。”生动的歌词饱含着对祖国的热爱、对民族的希望、对海大的钟情，极大地体现了海大师生坚定的理想信念。歌曲一经问世，便受到了校园师生的一致赞誉，于校内近百场活动中播放，总点击量突破万次，收听人次突破十万人。

“青年马克思主义者培养工程”是一个“铸心”工程，也是一个“铸魂”工程，它的内涵和外延随着时代的发展而不断更新、不断丰富、不断完善。它具有鲜明的价值导向和审美导向。大连海事大学充分认识到占领青年学生思想宣传阵地的现实紧迫性，因此，采取各种措施强化阵地意识，巩固育人阵地建设，深入推进习近平新时代中国特色社会主义思想，努力使学校成为传播弘扬社会主义核心价值观的主阵地，牢牢把握领导权、话语权。

《航向》凝聚“红色”爱国主义、“蓝色”海洋文化。歌词中写道“猎猎红旗迎接惊涛骇浪，拳拳赤子拥抱碧海无疆”，在特色育人的基础上，大连海事大学不断完善“三全”育人体系，在现有的“七大平台”和“九支队伍”的基础上，发挥“红色”爱国主义、“蓝色”海洋文化、“绿色”国防文化、“彩色”国际文化的教育作用，深入开展智商、情商、技商、体商教育，提高学生综合素质。

《航向》开创了"三创合一"的新型校园歌曲创作模式，即高校校友、高校教师、在校学生三位一体的创作形式。《航向》的创作与推广，融洽了师生关系，增进了校友与高校之间的深厚情感，使校园内形成上进、和谐、友爱的良好氛围，使校园生活充满生机和活力。它也成为校园加快高校艺术文化环境建设的有效途径。

思政航向——旗帜鲜明，唱响"主旋律"

"重重迷雾遮不住初心永在的航标，巍巍司南指引着使命担当的远方。"青年学生是祖国的未来，是实现中华民族伟大复兴中国梦的"筑梦人"。加强对大学生进行理想主义和爱国主义教育，培养大学生高尚的道德情操，使他们成为社会主义建设的栋梁之材，是高校人才培养的基本目标，也是高校艺术文化环境建设的基本任务。而高举先进文化旗帜，加强校园歌曲建设，在高校唱响"主旋律"，正是实现这一目标的重要手段之一。《航向》应运而生，它充分调动了学校和社会上的音乐有生力量，为实现上述目标而努力奋斗。

《航向》对培养大学生树立崇高理想具有生动丰富的直观形象感染力。它不仅使学生产生身份认同感、参与感和享受感，同时可以直接唤起他们的学习热情，激励和吸引他们为美好的理想而刻苦学习，钻研知识。大连海事大学师生在听到这首歌曲以后纷纷表示，这是一首优秀的校园歌曲，既有爱国主义情怀，又凸显了海大学子的豪迈气魄，同时也朗朗上口，传唱度极高。目前在校内各类重要的活动中均会播放这首歌曲。

《航向》从创作到录制面世，受到了校内以及社会各界的广泛关注，它使大家认识到高校的思想引领可以通过文艺作品的形式感染更多的学生。大学校园是培养祖国现代化建设人才的摇篮，而校园文化是意识形态中的重要一环。

青年航向——搭建平台，锻炼本领

"初心永在，我的航向永远不会更改，肩上使命担当犹在，微笑憧憬着未来。"《航向》的创作初衷是努力营造传播优秀校园歌曲的氛围与环境，充分利用校园各类媒介有序地播放校园歌曲，并通过经典音乐作品搭建展示平台，让低级趣味的文化没有可乘之机，以形成良好的高校艺术育人环境，增强文艺作品的育人效果。

《航向》经微信平台、微博、抖音短视频等网络媒介传播后，在更大的社会范围内形成强烈的反响，更加有力地推动了高校艺术文化环境建设，并在全社会当中发挥其特有的宣传、育人作用。

创作者在创作《航向》的过程中，组织高校音乐教师和社会资深音乐人士，结合马克思主义学院相关教授的意见，分析其旋律是否符合大学生特点，其内容是否有利于大学生身心健康，是否能弘扬爱国主义、集体主义、社会主义主旋律，并创造各种有利条件，增强优秀校园歌曲的演唱与传播力度，为大连海事大学“青年马克思主义者培养工程”的实施做出了优秀的展示。

大连海事大学以《航向》为号召，激发校园创新活力和潜力，发掘、助推一批具有艺术精神的海大学子投身文化育人的艺术作品创作中，为学生搭建更为广阔的平台，这将有利于习近平新时代中国特色社会主义思想基本观点、基本理论教育在艺术中的运用和展现，对培育学生自尊、自立、自觉的能力和立场的建立起到更直观、有效的作用。

《起 航》

【创作背景】

《起航》是大连海事大学原创音乐作品。该歌曲展现了当代海大学子了解社会、认识国情、增长才干、奉献社会、锻炼毅力、培养品格的丰富过程，也是当代大学生热衷社会实践、投身社会实践的生动写照和诠释。

理论联系实际是当代大学生的优良传统和作风，教育与生产劳动和社会实践相结合是党的教育方针的重要内容，理论教育和实践教育相结合是大学生思想政治教育的根本原则。大学生参加社会实践，深化对党的路线方针政策的认识，坚定在中国共产党领导下，走中国特色社会主义道路，实现中华民族伟大复兴的共同理想和信念，增强历史使命感和社会责任感，具有不可替代的重要作用，对于培养中国特色社会主义事业的合格建设者和可靠接班人具有极其重要的意义。大学生素质培养要以培养大学生的思想政治素质为核心，以培养创新精神和实践能力为重点，普遍提高大学生的人文素养和科学素质，全面丰富大学生的文化知识储备。

就像歌中唱的那样，“沐浴过烈火，才能变成凤凰；折断过翅膀，雄鹰依然翱翔”。盼来了寒假、暑假，你会选择在家里放松娱乐，还是埋首书册？对大连海事大学的学生来说，深入基层开展实践活动成为他们的首选。“寒假母校行”社会活动、暑期“三下乡”社会实践活动等，作为同学们大学时光的必经阶段和自我发展的平台，能够更好地使海大学子提高自己的技能和本领，不断增强个人竞争力。

【作品内容】

起 航

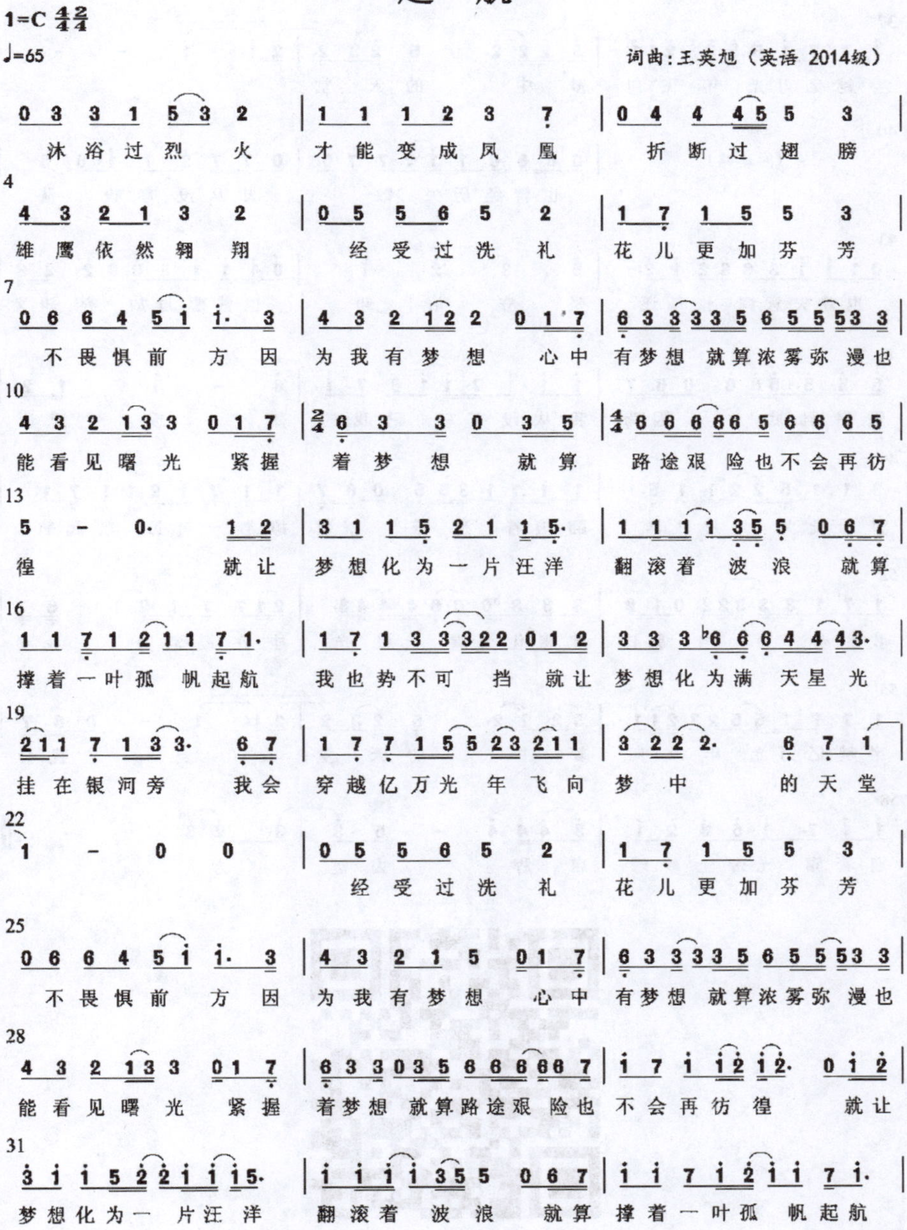
1=C 4/4 2/4
♩=65
词曲：王英旭（英语 2014级）
沐浴过烈火 才能变成凤凰 折断过翅膀
雄鹰依然翱翔 经受过洗礼 花儿更加芬芳
不畏惧前方因 为我有梦想 心中 有梦想 就算浓雾弥漫也
能看见曙光 紧握 着梦想 就算 路途艰险也不会再彷
徨 就让 梦想化为一片汪洋 翻滚着 波浪 就算
撑着一叶孤帆起航 我也势不可挡 就让 梦想化为满天星光
挂在银河旁 我会 穿越亿万光年飞向 梦中的天堂
经受过洗礼 花儿更加芬芳
不畏惧前方因 为我有梦想 心中 有梦想 就算浓雾弥漫也
能看见曙光 紧握 着梦想 就算路途艰险也 不会再彷徨 就让
梦想化为一 片汪洋 翻滚着 波浪 就算 撑着一叶孤帆起航

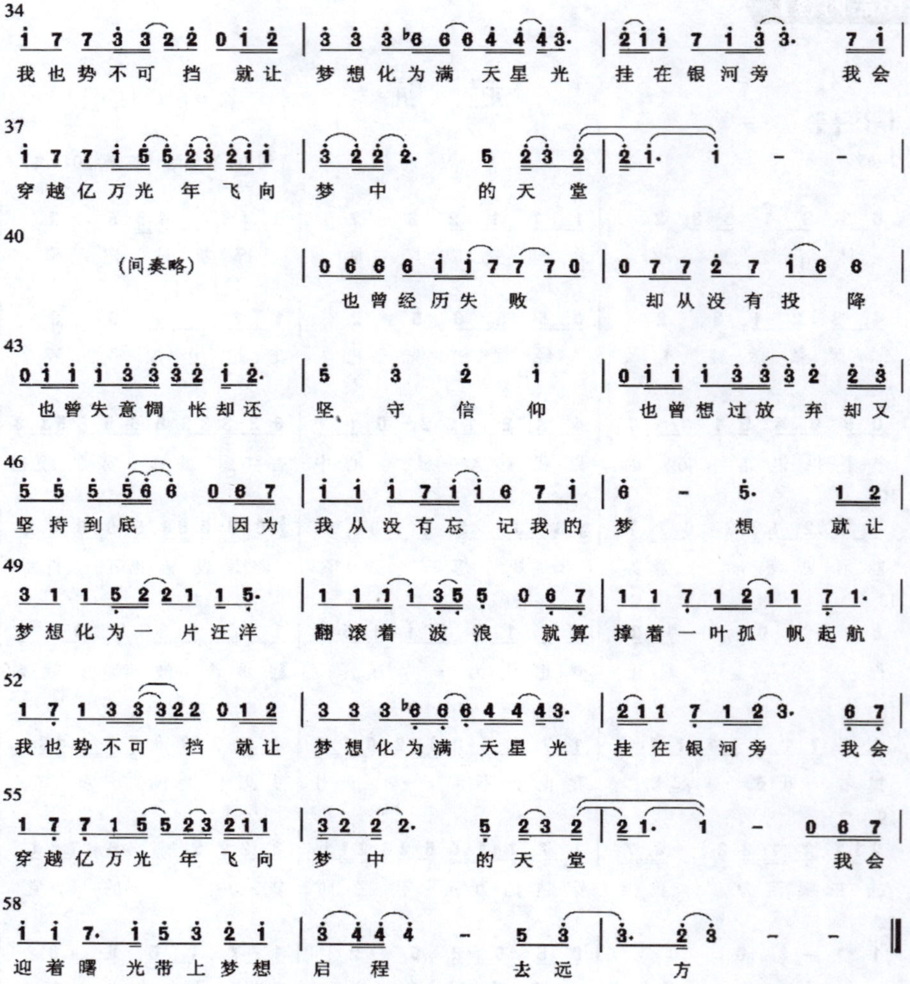
34
我也势不可挡 就让 梦想化为满 天星光 挂在银河旁 我会
37
穿越亿万光 年飞向 梦中 的天堂
40
（间奏略）
也曾经历失败 却从没有投降
43
也曾失意惆怅却还 坚守信仰 也曾想过放弃却又
46
坚持到底 因为 我从没有忘 记我的 梦想 就让
49
梦想化为一 片汪洋 翻滚着 波浪 就算 撑着一叶孤 帆起航
52
我也势不可 挡 就让 梦想化为满 天星光 挂在银河旁 我会
55
穿越亿万光 年飞向 梦中 的天堂 我会
58
迎着曙 光带上梦想 启程 去远 方

起航二维码

【思想启迪】

走行千里路 基层显身手 青春奋进新时代

习近平在全国教育大会上指出:“要努力构建德智体美劳全面培养的教育体系。”多年来,大连海事大学以习近平新时代中国特色社会主义思想和党的十九大精神为指导,引导广大青年学生投身社会实践,为建设祖国贡献青春智慧和力量,充分发挥社会实践的“第二课堂”育人作用,使其服务于海大学子成长成才。学校各级团组织坚持每学期组织社会实践团队,在寒假、暑假中分赴祖国各地,深入乡村、社区、学校、爱国主义教育基地等,开展了丰富多彩的社会实践活动,并取得了丰硕的实践成果,在新时代留下了奋进的青春足迹。

春华秋实——寒假母校行

“寒假母校行”活动面向全国各高中的优秀在校生。利用寒假休息时间,海大学子携带大连海事大学招生宣传材料返回高中母校进行宣传,通过组织问卷调查、举行宣讲会等方式介绍大连海事大学的学校概况、师资科研状况、人才培养机制、校园风采、就业服务、招生介绍等内容,并通过采取拜访高中母校老师、在学校张贴宣传海报与设立宣传资料发放点等方式,提升大连海事大学在全国各高中的知名度和美誉度。

大连海事大学在多年的探索和时间中,逐步把“寒假母校行”社会实践活动转化为加强和改进大学生思想政治教育的有效途径。社会实践是开展大学生素质教育的重要载体,是高校思想政治教育的生动课堂,是培养大学生对马克思主义信仰、对中国特色社会主义的信念、对实现中华民族伟大复兴中国梦的信心的有效途径。大连海事大学的招生范围涵盖三十多个不同的省份,范围广、层次深。“寒假母校行”活动极大地调动了海大学子的积极性,他们将在海大的学习与生活分享给高中母校的学生,也会吸引全国各地的同学报考大连海事大学,为航运事业持续输送人才。

青春携梦——暑期“三下乡”

暑期“三下乡”活动是指海大学子暑假期间深入乡村、社区、街道、厂矿、军营，尤其是在革命老区、贫困地区和少数民族地区开展社会实践活动。活动具体内容包括：围绕习近平新时代中国特色社会主义思想和党的十九大精神，开展宣讲报告、学习座谈、调查研究等形式的社会实践活动；围绕改革开放40年来的成就、“十三五”规划实施情况等开展参观考察、国情调研、学习体验等形式的社会实践活动；围绕实施“七五”普法规划，开展法治宣传教育、法律援助等形式的社会实践活动；围绕乡村振兴战略，开展农业技术培训推广、农业科普讲座、金融知识下乡、农村环境治理等形式的社会实践活动；围绕“七彩假期”青年志愿者关爱农村留守儿童志愿服务项目和“情暖童心”关爱保护农村留守儿童工程，依托“七彩小屋”、青年之家、乡村学校、少年宫等阵地，开展学业辅导、亲情陪伴、自护教育、素质拓展等形式的精准关爱志愿服务；围绕社会主义核心价值观培育和践行，开展艺术创作、惠民展演、全民阅读等形式的社会实践活动；围绕健康中国战略，开展健康普查、流行性疾病防治、基本医疗卫生知识普及、乡村医疗站建设等形式的社会实践活动；围绕美丽中国建设，开展环境治理、水资源保护、环保知识普及等形式的社会实践活动。

大连海事大学不断丰富社会实践内涵，进一步提升“三下乡”社会实践服务活动的教育意义与促进作用。学校将课外学术调研作品竞赛融入“三下乡”社会实践服务活动中，总结经验，培养大学生的创新意识与科研能力，通过调研报告的形式，指导广大学生积极了解社会，养成良好的科学分析与研究思维，进而促进学生形成正确的世界观、人生观、价值观，进一步提升社会实践服务活动的内涵。同时学校在“三下乡”社会实践活动中也注重做好与落后地区的文化共建、支教帮扶工作，对口、扎实、深入地开展文化宣传服务活动，加强社会实践调研和义务帮教基地的建设，推动社会实践活动的常态化、规范化、品牌化，逐步建立健全了长效的文化和教育帮扶服务机制。

青春足迹——印记遍中国

深入基层、深入群众、深入一线，海大学子投身社会实践活动成为最为靓丽的青春风景线。每年，海大学子都会从美丽的心海湖畔出发，前往祖国各地察访调研，用青春足迹探求“行是知之始，知是行之成”的真谛，学校真正地将实践育人落地落实，将其打造成做好大学生思想政治工作的实践课堂。

“双翼行”大学生公益团队是大连海事大学众多大学生实践团队的优秀代表，该团队以“青春羽翼、汇爱飞翔”为实践主题，以大学生支教与探访老兵作为实践立足点，积极投身对社会热点的调查研究，目前已经走访了甘肃、四川等十余个省份。以大学生视角关注、关爱社会弱势群体，尤其是留守儿童和抗战老兵，发扬当代大学生奉献精神，弘扬尊老爱幼的传统美德，已经成为“双翼行”团队成员的普遍追求。“双翼行”大学生公益团队荣获国家级、省市级奖十余项，取得累累硕果。

“迹录中国”大学生暑期社会实践团队是海大学子服务国家精准扶贫战略的又一次尝试。2018年暑期，由22名学生组成的实践团队，分别前往四川、贵州、云南等3个省份10余个市县开展调研，最终在云南永仁县汇合。在永仁县，大学生实践团队充分发挥自身优势，结合自身专业知识，为当地经济发展、产业升级等献计献策，并在专业老师的带领下，帮助当地民众开发电子商务平台，帮助将当地彝绣等产品进行线上推广。该项活动得到央广网、新浪网、《大连日报》、《大连晚报》的报道，取得了良好的社会反响。

青年大学生在社会实践活动中开阔了视野、增长了才干、帮助了他人和了解了国情。大学是一个人世界观、人生观和价值观形成的关键时期。大连海事大学的社会实践活动，不仅重视学生的专业学习，更高度注重对学生的思想引领，真正把学生培养成本领高强、思想过硬的新时代中国特色社会主义事业的合格建设者和接班人。

《蓝海卫士》

【创作背景】

《蓝海卫士》是大连海事大学原创男子群舞。该舞蹈展现了海大人勇于战胜艰难险阻,不断超越自我,用青春热血和钢铁意志铸就无与伦比的家国情怀。

爱国,是人世间最深层、最持久的情感,是一个人的立德之源、立功之本。青年学生要时时想到国家,处处想到人民,做到"利于国者爱之,害于国者恶之"。近年来,习近平站在党和国家事业发展全局的战略高度,对弘扬爱国奋斗精神做出了一系列重要指示,深刻阐释了新时代青年应有的家国情怀和使命担当。

舞蹈是最优美的艺术形式之一,因其特有的艺术感染力成为人们表达情感的重要途径。家国情怀是中华民族的千年信仰,自古中华民族最推崇的就是"修身齐家治国平天下"的理想人格。国土和人民是国家的基本要素,没有生活在国土上的千千万万个人和家庭,就没有国家。"繁霜尽是心头血,洒向千峰秋叶丹。"海大学子历来有浓厚的家国情怀,有强烈的社会责任感,重道义、有担当。

"同舟共济、艰苦卓绝、科学航海、爱国为根"已经成为每一名海大学子的青春底色和人生印记。回顾历史,无数优秀的海大学子胸怀大局、心有大我,把自身的前途命运同国家和民族的前途命运紧紧联系在一起,到祖国最需要的地方,到交通运输行业的生产第一线,留下了可歌可泣的事迹。面向未来,海大学子在各个岗位上坚守初心、追求真理、甘于奉献,坚持将自己的人生融入实现中华民族伟大复兴中国梦的历史潮流中。

【作品内容】

2015年12月6日，辽宁省“同心杯”首届大学生文艺汇演跨年晚会在沈阳师范大学进行节目录制。大连海事大学原创男子群舞《蓝海卫士》（如图1所示）作为大连海事大学参演节目参加录制。

图1 《蓝海卫士》舞台表演

学生们用这支舞讲述了海大男儿的逐梦情怀，他们将“坚定、严谨、勤奋、开拓”的海大精神镌刻在心间，会通过点滴小事，用一腔热血，以“海大人”的身份将其践行一生！

【思想启迪】

同舟共济 艰苦卓绝 海大气质展神州大地

大连海事大学这所历经百年风雨的高校，培育了一代代具有海大气质的优秀学子。“年年岁岁花相似，岁岁年年人不同。”他们休戚相关、患难与共，团结在一起，风雨同舟；他们力排万难、追求卓越，在为学无际中自强不息、勇猛超越；他们科学航海，崇尚科学、钻研技术，在追求真理中不懈寻觅；他们爱国为根，热爱祖国、热爱海洋，为实现中国梦孜孜奉献。他们就是具有海大气质、海大品格的优秀海大人。

中国声音——陈干青

曾经的中国是一个贫穷落后、饱受内外忧患的国家，那时候外国人把持着中国的各类经济产业，中国人很难通过自己的努力获得尊重和认可，但就是在这种情况下，一个海大的年轻小伙子用自己的努力和奋斗谱写了一曲属于中国水手的赞歌，他就是第一个出任外轮船长的中国人——陈干青。

1914年，陈干青毕业于吴淞商船学校。当时的中国，内政上经历了“中华民国”成立、溥仪退位、袁世凯称帝、军阀混战等一系列历史事件，外交上几乎无话语权，航海主权主要受英国人控制。当时，中国远洋轮上的船长、轮机长、大副、大管轮等要职都由外国人担任。陈干青就是在这样的艰难条件下，靠自己的技术、能力，逐步赢得尊重、认可，在航海界崭露头角。1921年，他终于冲破外国人的阻拦，成为中国第一个外轮的船长；3年后他升为肇兴轮船公司总船长，也是第一个任总船长的中国人。此后，陈干青始终为国家航海主权奔走呼吁，在第十三届国际劳工大会上，他提出“欲改善海员之待遇，会员国必须先要互相尊重彼此领海、内河的航海主权”的提案，揭露、抗议帝国主义侵犯我国航海主权。陈干青一生致力于国家航海事业，为国家争取航海主权做出了重要贡献。

陈干青以一生对中国航海事业的坚守诠释出海大人爱国为根的品格和底蕴，彰显了海大人与祖国同呼吸共命运的精神气质。

船长状元——赵锡成

他出身寒门；他白手起家，靠自己打拼20年；他一生历经浮沉，书写了"华人船王""航运巨子"的人生传奇，他就是船长状元——赵锡成。

赵锡成，美国现任交通部部长赵小兰的父亲，1946年考入交通大学航政系（原吴淞商船学校已并入），毕业后赴美。1958年，他参加台湾考试部门举办的甲级船长特种考试，成绩斐然，打破中国历来考试纪录，被誉为中国首任"船长状元"。

赵锡成曾经有两次享誉全球的演讲，一次是于1982年在美国波士顿哈佛大学工商管理研究院及麻省理工学院联合主办的每年一次的"航运论坛"担任主讲所作的《国际航运前瞻》，在持续八年之久的国际航运衰退前，预测国际航运将面临衰退之观点，引起广大重视；另一次是于1993年在美国纽约圣约翰大学，为中国造船工业总公司选派的高级管理人员的访问学习班上所作的《美国航运业及造船业之兴衰》，他引用美国造船业兴衰之前鉴，笃信中国有望成为未来世界造船大国。2004年7月，在由国际造船工业及造船科技界在德国汉堡举办的国际造船工业贸易交流会上，赵锡成被特邀为主讲员，重申中国造船业可为世界做出重大贡献。

赵锡成先生在大连海事大学设立了"木兰奖学金"，仍在为祖国航运人才培养工作贡献力量。扶学兴教，功在千秋。三十年来，众多海大学子从中受益，在献身祖国航运业发展的道路上走得更稳、更远。

为祖国奔走，为中国航运献力，为教育注资，赵锡成成为海大人情系祖国、情系母校、饮水思源的卓越代表。

玉汝于成——贝汉廷

他是海大的优秀毕业生，在校期间就成绩优异、名列前茅；他是中华人民共和国第一代远洋船长，国内外各航线上都有他的身影；他是全国劳动模范，最后用生命书写了航海家的一生。他就是用实干铸就辉煌的贝汉廷。

1949年，贝汉廷毕业于上海吴淞商船学校航海系，先后在海鹰轮船公司、华南海运局、上海海运局、中捷海运公司、广州远洋运输公司、上海航道局、上海远洋运输公司船工作，1958年起从事远洋运输事业。他于1962年起任远洋船长，1979年3月加入中国共产党，1984年7月担任上海远洋运输公司指导船长，1979年和1981

年两次荣获上海市劳动模范称号，1979年9月被国务院授予全国劳动模范称号，1982年当选为第六届全国人民代表大会代表。

贝汉廷认为，很多国人外根本没有来过中国，他们从来不知道中国是什么样、中国人民是什么样。挂五星红旗的中国船去了，就代表着中国。船员在国外工作得好坏，对国家的影响是很大的。船员把工作做好了，就是为国争光；做不好，就会给国家丢脸。为了让船员们掌握更多的知识，他专门主持讲座，详细地给大家介绍美国的情况、美语的特点、各种交际的礼仪等，使船员们在美期间树立起有素质、有风度的中国海员形象。

1985年3月，贝汉廷带着7种药和英文的病症说明，飞往西德接收集装箱船“香河”轮。抵达西德后，他立即投入到紧张繁忙的接船工作中，早已把自己的病情抛在了脑后。4月9日，“香河”轮驶出了船厂，贝汉廷指挥船从汉堡到奥斯陆，再到伦敦、安特卫普，穿梭于西欧各港满载货物后开始返航。4月23日，“香河”轮航经西班牙拉科鲁尼亚港附近海面时，贝汉廷忽然感到不适，他吃力地对政委说：“我吃不下饭，不想吃了，我讲不动了……”话没说完，他就靠着沙发倒下了。船医采取了人工呼吸等急救措施，西班牙的直升机飞来将他送往医院。可是，贝汉廷还是走了。西班牙法医对贝汉廷的遗体进行了解剖，结论是“死因为疲劳过度，心力衰竭”。4月23日，正是贝汉廷船长59岁的生日。他用生命兑现了对周总理、对祖国的诺言。

大连海事大学的气质是责任、是使命、是担当；是令行禁止、不推诿的行为习惯；是怀揣梦想、同舟共济的高尚品格；是血性和勇敢，是让人感受到力量的精神魅力。有这样一群人，他们心系国家，求真务实，立鸿鹄志，在青春的道路上不断奋斗；他们既有“为天地立心，为生民立命，为往圣继绝学，为万世开太平”的大志，又有集腋成裘、聚沙成塔的意识，能够系统地、认真地钻研与思考；他们坚信不断向前才是正确的人生态度，不断奋斗才会拥有美好的人生。他们就是具有海大气质的海大人。

《王亚夫》

【创作背景】

话剧《王亚夫》是大连海事大学校园原创作品。该话剧选取了大连海事大学1957届校友王亚夫不同时期的先进事迹，用艺术的手法呈现于舞台，剧情生动并富有教育性，是大连海事大学师生共筑交通强国梦的生动写照。

交通乃兴国之器，强国之基。十九大报告明确提出建设“交通强国”，这是新时代党和人民赋予交通运输行业的新使命。它承载着几代交通人的汗水和希冀，也宣示了新时期掌舵人的施政目标。大连海事大学1957届校友王亚夫，是中华人民共和国培养起来的第一位远洋女轮机长。她在36年的航海生涯中，热爱航海、忠于职守，航行到过30多个国家，为国家航运事业奉献了青春年华，这就是海大学子对于交通强国梦的生动实践，更是引领一代又一代海大学子向海而行、为海终生。

《王亚夫》于2015年9月作为辽宁省第五届大学生戏剧节的承办方作品参赛，2016年11月代表辽宁省前往上海参演第五届全国大学生戏剧节，2017年在全国巡演，受到了国内外媒体和观众的高度评价。参与《王亚夫》演出的演员均来自大连海事大学，其中最年长的演员是扮演老年王亚夫的退休教师隋克立，最小的演员是来自附属学校的黄子涛同学。师生同台，海大人演海大人，更加凸显了该剧的现实意义。

变化的是主题与使命，不变的是奋斗的精神、实干的气概。交通强国之路上，一代代海大人薪火相传，接力前行，前赴后继，涉险滩、越激流，每一段虽有不同的风景，但却都有相同的追求。

【作品内容】

《王亚夫》大事件表

(一)2015年1月至2015年5月,前期工作准备阶段

在校团委的组织和领导下,大连海事大学话剧团成员进行话剧《王亚夫》(如图2、图3所示)的前期准备工作。2015年3月,话剧团成员奔赴福州市采访了王亚夫本人,深入了解了她作为世界上第一位远洋女轮机长在长达36年的航海生涯中的经历与奇遇。

4月底,话剧《王亚夫》的剧本大纲完成。结合王亚夫的亲身经历,选择她的青年时期、工作时期和退休时期作为时间划分点,讲述了出生在福州一个书香门第的王亚夫,凭着倔强的脾气和天生的灵气,克服了种种困难,成了中华人民共和国第一位女轮机长的故事。

5月,在完成剧本创作后,工作组成员便投入了选定角色、对词排练的工作中。工作组成员认真选拔角色,利用课余和周末闲暇时间进行排练,自对词至走台,把全部的热情投入到《王亚夫》的排练中去。

(二)2015年6月至2015年9月,中期展示演出阶段

在排练工作完成后,工作组成员着手安排首演事宜。2015年6月2日,他们在大连海事大学东山礼堂完成了《王亚夫》的首次演出。演出现场,随着话剧情节的起伏,观众时而爆笑时而感动。在看到王亚夫放弃家庭、放弃爱情献身航海事业时,观众无不为航海人坚毅勇敢、忠于职守的家国精神而感动落泪。演出后,大连海事大学官方网站与校内各大微信公众平台以及交通运输行业多家媒体均对话剧《王亚夫》进行了大规模的宣传报道,得到校内外观众的高度赞誉与评价。9月初,话剧《王亚夫》作为2015级新生入学教育活动工作项目,向2015级新生进行了十余场演出。

2015年9月底,由辽宁省文联、省教育厅、共青团辽宁省委员会联合主办的辽

宁省第五届大学生戏剧节在大连海事大学开幕，话剧《王亚夫》被列为重点剧目，在开幕式上演。话剧《王亚夫》从全省高校选送的剧目中脱颖而出，荣获33项荣誉：剧目一等奖、高校原创剧目奖、优秀组织奖、特别贡献奖等。

(三)2015年10月至2016年11月，准备并参加第五届全国大学生戏剧节演出

2015年10月中旬，话剧《王亚夫》工作组成员代表前往上海参加第五届全国大学生戏剧节前期工作会议。10月底，在原剧的基础上不断提升标准，创新舞台设计，提升话剧《王亚夫》的水准和高度。11月20日，话剧《王亚夫》在上海外国语大学的戏剧会堂进行展演，获得戏剧节评委和观众的一致好评。最终，话剧《王亚夫》荣获“观众喜爱剧目”称号，同时剧中王亚夫的扮演者倪露露(工商管理专业2014级)获得“校园戏剧之星”称号。

(四)2016年12月至2017年11月，后期总结阶段

在校团委的领导下，工作组进一步加强校园文化成果的培育，通过《王亚夫》活动的宣传报道，进一步推出了一批原创文化精品；通过校园后续宣传报道，进一步以海大文化独特魅力感染青年，引导海大学子感恩铭心、爱校荣校，增强凝聚力和使命感。

图2 《王亚夫》剧照(一)

图3 《王亚夫》剧照（二）

《王亚夫》剧本片段节选

序　幕

（幕启。）

（1957年的旅大市。）

（《喀秋莎》音乐起。）

（大屏幕：东北航海学院、大连工学院、大连外国语学院等。）

（静谧的校园，阳光明媚，绿树成荫，鸟语花香。）

（一群身穿列宁装和五颜六色连衣裙的大学毕业生，唱《喀秋莎》上。）

（27岁的王亚夫身穿碎花连衣裙，梳油黑大辫子，刘海齐眉，单纯美丽，身上洋溢着青春活力。）

男同学：同学们，在刚刚结束的团市委大会上，我们都表态了，我们是新中国的大学毕业生，即将奔赴祖国各地，成为建设国家的栋梁，在各条战线做出我们的贡献，实现各自的崇高理想。

姑娘甲：我毕业于大连师范学院，我的理想，就是要成为电影《乡村女教师》中瓦尔瓦拉·瓦西里耶夫娜那样的女教师，把我的青春献给三尺讲台（模仿）："孩子们，从今天起你们就是我的学生了。我要教你们识字、算术，我要告诉你们白天为什么变成黑夜，谁住在大海的那一边，风往哪里吹，河往哪里流。我要教给你们——思想！"

（众人鼓掌。）

男同学：我毕业于大连工学院，我要做一位保尔·柯察金那样的英雄（激情朗诵）：人生最宝贵的是生命，生命只有一次。一个人的生命应当这样度过……

众人：（齐声）当他回忆往事的时候，他不致因虚度年华而悔恨，也不致因碌碌无为而羞愧；在临死的时候，他能够说："我的整个生命和全部精力，都已献给世界上最壮丽的事业——为人类的解放而斗争。"

王亚夫：我毕业于东北航海学院，学的是轮机专业，我选择的工作是"航海"。我要自主自己的人生，干一番中国女性没有干过的事业，做新中国第一个女船长！

为母校争光!

（众人鼓掌。）

（一同学拉起手风琴《喀秋莎》音乐起，全体同学舞起。）

第一场　考验

（幕启。）

（一束追光，照亮舞台中间老年王亚夫。）

（王亚夫头发银亮，精神矍铄，目光穿越时空。）

王亚夫：（独白）我叫王亚夫，是当今世界上唯一一个在万吨级远洋轮船上连续工作35年的高级女轮机长。

（大屏幕：展示王亚夫大学期间的各种照片。）

王亚夫：转眼间过去60多年了，青春年华一去不复返，我已经是个86岁的老人，只有这些照片，留下我大学生活中的一个个瞬间。1957年我27岁，在东北航海学院毕业后，在广州海运局的客船“祁门”号实习。我第一次出海时，四个小时呕吐了十六次，连胆汁都吐出来了。我这边吐那边吃，终于过了航海的第一关，做了一名正式机工。

第六场　排险

（幕启。）

（一束追光，照亮舞台中间老年王亚夫。）

（王亚夫头发银亮，精神矍铄，目光穿越时空。）

王亚夫：船长。

船长：我正要找你。你及时解锁、倒车，避免了一场重大事故，我要为你请功。

王亚夫：船长，我们没锁死航速，否则开锁再快，也来不及。我不是来邀功的，我是来请战的。

船长：请战？请什么战？

王亚夫：船长，四片螺旋桨叶片折损了三片，轮船已经完全不能航行了。

船长：（沉重）是啊，问题非常严重。

王亚夫：我想知道，船长打算采取什么措施？

船长：（悲伤）摆在我们面前的选择只有两个，一是拖到新加坡修理，二是拖回国内改装。

王亚夫:无论您选择哪一个,都要付出巨大的代价。船长,您是怎么决定的?

船长:目前看来,只有去新加坡了。

王亚夫:船长,这仅仅是您最后的选择?

船长:不是最后的选择,难道,你还能让破损的螺旋桨重新运转吗?

王亚夫:我们可以再想想办法。

船长:要是有办法,我也不会做出这样的决定。

王亚夫:我有办法,可以在短时间之内,靠我们自己,让轮船恢复航行。

船长:(无奈大笑)哈哈哈哈!我可不是童话故事中的船长辛巴达,不会有奇迹发生!

王亚夫:船长,军中无儿戏,我们完全有能力让轮船重新起航。

船长:你是轮机长、是专家,有着几十年的航海经验,请具体说说你的办法。如果切实可行,我何乐而不为呢?

王亚夫:这次海损事故,导致三片桨叶折损,轮船根本无法航行。我有一个大胆的设想:既然受损的叶片可以局部挖补换新,为什么不可以按照最短叶片的长度,把另三个叶片锯短?虽然会使轮船减缓航速,但完全可以保证在预定时间内返航。

船长:不行不行!这种办法在国外都没有过先例,按我们的条件,成功只是天方夜谭!

王亚夫:船长,我要是没有把握,就不会向您提出这个方案。

船长:你的这个方案,要担天大的风险!我们的任务是航海,不是搞技术实验和攻关!

王亚夫:(激动)不冒风险,您还当什么船长,我还当什么轮机长?

船长:(愤怒)我是船长!我有决定权!

王亚夫:(大声)我是轮机长!我有发言权!

船长:(缓和)请原谅,你以什么来保证,你的办法切实可行?

王亚夫:以我所学知识和航海实践,以我的技术和人格,以我的敬业、献身精神和世界第一位女轮机长的资格!

船长:你还有什么资格?

王亚夫:(声音颤抖)我、我还是一个女人……

船长:(感动)是啊,你是个女人,你确实是个女人……(大声)一个了不起的女人!

王亚夫:(乞求)谢谢……船长,您就相信我吧!

船长:相信,我相信。假如你的办法确实可行,一个月时间够不够?

王亚夫:太长了,我只要三天时间。

船长:什么?三天时间?

王亚夫:我这还是多说了。

船长:好!这艘船就交给你了,成功了,是我们全体船员的幸运;失败了,全部责任由我承担。轮机长,就由你负责,马上动工,刻不容缓!

王亚夫:是,请船长放心!压前舱!

(光暗。)

(光复亮。)

(泰国某码头。)

(椰林片片。)

(泰国传统音乐《水灯节之歌》。)

(船尾高翘。电焊弧光闪烁,切割机响声阵阵。)

(大屏幕:巨大的螺旋桨。)

(王亚夫和机工们手持焊枪、割枪在改造、维修螺旋桨。)

王亚夫:试车!

(机器轰鸣。)

赵东北:试车成功!

众人:(欢呼)我们成功了!我们返航了!我们回家了!

(汽笛长鸣。)

(轮船起航。)

(王亚夫和众人造型。)

尾声

(幕启。)

(一束追光,照亮舞台中间老年王亚夫。)

(王亚夫头发银亮,精神矍铄,目光穿越时空。)

王亚夫:(独白)转眼之间,我就到了花甲之年。63岁那年,我就退休了,就要离开大海,离开朝夕相伴的货轮。在漫长的航海生涯中,我从三管轮、二管轮、大管轮再到轮机长,直到成为当今世界上唯一一个在万吨级远洋轮船上连续工作35年的高级女轮机长。回首往事,我的心情也和大海一样难以平静,一次次生死关头历历在目。

(大屏幕:王亚夫从年轻时上船、到退休前的有关照片。)

(光暗。)

(人物隐去。)

(幕启。)

(轮船甲板。)

(横幅:"热烈欢送王亚夫轮机长光荣退休"。)

(老船长、老轮机长、赵东北、庞山东、黎广东、萧山西等坐在台上。)

(身穿轮机长服装的王亚夫上前,一一和众人握手。)

老船长:亚夫,那次海上遇险,要不是你,我这个船长就不可能坐在这儿了。

王亚夫:老船长,没有您做坚强后盾,我也是英雄无用武之地啊!

老轮机长:亚夫,青出于蓝胜于蓝,作为老轮机长,我向你表示祝贺!

王亚夫:老轮机长,没有您的言传身带,也就没有我的今天。

赵东北:轮机长,非常荣幸,我能和您一起退休。

王亚夫:谢谢!

黎广东:轮机长,我们曾经和您在一起工作,是我们的荣幸!

庞山东:轮机长,愿我们常来常往!

王亚夫:(一一握手)谢谢!谢谢!

萧山西:(羞愧万分)轮机长,想起过去的事情,让我无地自容……

王亚夫:(宽厚)一切都过去了,要往前看啊!

(萧山西紧握王亚夫的手,泪流满面。)

(主持人上。)

老船长:现在,让我们以热烈的掌声,请王亚夫轮机长发表退休感言!

(众人鼓掌。)

王亚夫:(动情)35年来,我同轮船一起横穿印度洋,过苏伊士运河,取道红海、地中海，出直布罗陀海峡，入大西洋，直航北欧，还绕过“鬼门关”——好望角；无论我到汉堡、伦敦，还是到大阪、鹿特丹、马赛、威尼斯，常有同行和著名人士登船拜访，他们竖起大拇指说：“你们还有这样的女轮机长，真不简单，中国伟大！”也常有人问我，你一个女人，为了航海终身未嫁，值得吗？是啊，一个女人，谁不渴望被爱？谁不渴望有自己的丈夫、孩子和温暖的家庭？谁不想过丰衣足食、相夫教子的小日子？但是，开弓没有回头箭！我一生走的是一条自己选择的路，为咱中国女性争了一口气，实现了献身大海的夙愿！我把青春和爱都献给了大海，献给了祖国的航海事业，还有什么比这更值得的呢？我要感谢我的母校——大连海事大学的培养；我要感谢各位老前辈，感谢他们对我的传帮带；我要感谢我的兄弟们，感谢他们和我同舟共济，朝夕相伴！我更要感谢广州海运局为我搭起实现理想的平台，让我和大海终生有缘！我祝福我的母校培养更多的航海人才，祝福我们国家的航海事业繁荣发展，如日中天！我虽然退休了，但我永远是一位轮机长，永远是一位搏击风浪的海员！（敬礼）

（众人鼓掌。）

（王亚夫下。）

（众人翘首期待。）

（《喀秋莎》音乐起。）

（20岁的“王亚夫”携86岁的“王亚夫”上。）

（众人鼓掌。）

（全体演员谢幕。）

剧终。

【思想启迪】

让青春为交通强国梦奋斗不息

青春是用来奋斗的！对于每个人来说，人生之路是漫长的，青春就应在最美好的年华做着最正确的事，每个人的青春都是色彩斑斓的，都在汗水的浸润下闪烁着奋斗的光彩，海大人的青春亦是如此，但也总有不一样的青春印记。面朝大海，放眼行业，助力交通强国建设是每位海大人应具有的青春理想，也是青春奋斗方向。

党的十八大以来，习近平多次对交通运输工作的一系列重要论述，科学回答了交通运输的发展定位、发展目的、发展形势、发展目标、发展主线等重大问题，构成了一个完整的思想理论体系，是新时代中国特色社会主义思想的有机组成部分，是新时代交通运输发展的根本遵循，也是建设交通强国的科学理论指引。大连海事大学作为交通运输部所属院校，以此来武装头脑、指导实践，开启建设交通强国新征程，这也为海大人向着交通强国彼岸奋进提供了前进蓝图，指明了前进方向。

交通强国——属于海大人共同的梦

“我想让所有海大人都为有这样的学姐感到骄傲。”在大家都犯难的时候，这样的声音给了《王亚夫》创作团队方向，他们踏上了去往王亚夫女士福州居所的漫漫长路，去听听这位女轮机长的有关航海的回忆。初见王亚夫女士，86岁的她依然神采奕奕、精神矍铄。在之后的交谈中，她作为史上第一位女轮机长的大将风范更是令全体创作成员无比敬佩。在她讲述自己的成长经历时，她眼中散发着光芒，那光芒是对航海事业的热爱，是对交通事业的无限追求，是对过往经历的骄傲和对旧时光的怀念。

大连海事大学已有110年的历史，她的发展历程，代表了中国高等航海教育的发展历程，是中国高等航海教育历史的缩影，可以说大连海事大学是中国交通运输行业跨越式发展的见证者。百余年来，大连海事大学为交通运输相关行业输送了众多优秀人才，他们有的是航行在国际货运航线上的船长、轮机长，有的是南极科考船的船长，有的是“蛟龙号”的下潜员，有的是航空公司的机长、乘务员，有的是铁路一线的货物运输员……他们奋战在交通运输业的第一线，为祖国交通运输业的有效运转提供了坚实的保障。

当我们乘坐高铁、飞机、轮船在城市之间奔波的时候，总有一批人默默地为我们保驾护航，他们远离家乡，他们无法在假期与家人团聚，因为他们都有一个共同的梦想——交通强国梦。

交通强国——用奋斗书写美好蓝图

紧密修改剧本，让每一个主创人员都全身心地投入，以至于那几天看到彼此的第一句都是“我觉得这里还要再改改”。他们因为一个有创意的情节笑过，也因为一段剧情的顺序调整而苦恼过，甚至还因为一句不起眼的台词争执过，但他们知道他们有一致的目标，他们依赖着彼此的梦想，那就是《王亚夫》。

《王亚夫》的创作过程就好比交通运输业的发展历程，一代代交通运输人满怀激情和梦想，带着对事业的追寻和热爱，为了那共同的梦想，不断奋斗前行 。

航海模拟器市场多年来一直被国外产品所占领，海大人通过几十年的摸索与实践，电子海图系统在2 000多艘船舶上应用。岸船空基海上油膜监测识别技术及装备成果在大连“7.16”溢油事故中发挥关键性作用，为事故的处理提供了有效的技术支持。海大人承担着《中华人民共和国海商法》的修改任务，参与国家“一带一路”框架下争端解决机制构建研究，为国家的交通运输业献言献策。海大选派一批教师参与亚丁湾护航、北极通航、南极科考、“辽宁舰”航行安全论证及舰员培训等国家重大战略任务；选派专家为“东方之星”沉船事件的处置提供智力支持，受到交通运输部的肯定。他们都是交通运输业的奋斗者，他们都是交通强国梦的助力人。

交通强国——我愿用一生去实现它

话剧最后定格在老年王亚夫举杯回忆当年热血岁月的场景，她颤巍巍地指向明月，年轻时的模样依然鲜明坚定，“我要自主我的人生，我要做我真正想做的事情”，这月光定如她在海上看到的一样皎洁安详。“为航海事业干杯！”《王亚夫》的演出获得了意料之中的成功，谢幕之后，所有演员一起喊出的这句话还在耳边回响了很久。

“我不知道自己若干年后会变成什么样子，可能满脸皱纹、满头银丝，可能坐在轮椅上说不清楚当初的故事，但是在大学生活中有这么多沉甸甸的回忆和不舍得说再见的朋友，已经足够用一生去怀念，而我们对于航海事业的追求，我愿用一生去实现它。”一位话剧的参演人员在话剧结束后满含热泪地说出了这段话。

女轮机长王亚夫从实习生、三管轮一直到轮机长，成为中国乃至世界上第一位远洋高级女轮机长。王亚夫终身献身航海事业，无怨无悔。将这位杰出校友的光辉岁月搬上舞台，展现中国航运史中王亚夫用铁骨柔情写下的一抹铿锵蔚蓝，给人们带来冲击心灵的感动与震撼，更重要的是激励更多的海大学子投身交通运输行业，为交通运输行业的不断发展贡献海大的基因，为海大百年来对于海的追寻坚定了永恒的信心。

怀揣着梦想开启新征程，我们要坚信：山再高，往上攀，总能登顶；路再长，走下去，定能到达目的地。每个海大人、每个交通运输人都是新时代的见证者、开创者、建设者，如果用奋斗改变自己、改变未来，那么，现在就是最好的时代。交通强国梦就在前方，四年海大路就在脚下，就让我们用奋斗去充实人生的四季，用无悔的青春勾勒出交通运输行业的绚烂未来。

《灯 塔》

【创作背景】

《灯塔》(如图4所示)是大连海事大学原创陶艺作品。该作品以凌海校区灯塔为原型,切实发挥高校的“灯塔”引领作用,生动地展现了大连海事大学对于学生的思想引领、理想信念教育。

灯塔本意指海上的助航设备,主要为船舶指引航向。船舶在灯塔的指引下才能把准航向,人也只有在灯塔的指引下才能确定好人生航向。人生之路是漫长的,但要紧处只有那么几步,大连海事大学各级团组织在立德树人征程中为广大青年点亮人生灯塔,指引人生航向。

习近平曾对青年一代提出了殷切的期望:“青年兴则国家兴,青年强则国家强。青年一代有理想、有本领、有担当,国家就有前途,民族就有希望。中国梦是历史的、现实的,也是未来的;是我们这一代的,更是青年一代的。中华民族伟大复兴的中国梦终将在一代代青年的接力奋斗中变为现实。”没有远大理想的激励和引领,再崇高的事业也可能会失去精神支撑和强大动力,青年一代的思想引领代表着中国的未来、民族的希望。

学校在青年学生时期就要开始以崇高的理想信念为引领,为学生点亮理想的灯、照亮前行的路。高校想要培养出一流的人才,必须要有一流的思想引领能力,发挥一流的思想引领作用,实现一流的思想引领价值。

大连海事大学多年来认真贯彻党的教育方针,落实立德树人根本任务,遵循高等教育发展规律,进一步推进青年马克思主义者工程建设,坚持不懈地用马克思主义中国化最新思想武装青年,切实加强对学生的思想引领,激励青年学生自觉把个人的理想追求融入国家和民族的事业中，勇做走在时代前列的奋进者、开拓者，书写无愧于时代的青春之歌和精彩人生。

【作品内容】

图4 《灯塔》图片

若是无人告知此作品是出于今人之手，初见它的人一定会以为是古时候精心打磨的惊世之作。实际上它基本上是土坯的原貌，只是借人力助其成型。灯塔的造型好似一尊屹立多年的雕像，给人一种庄严肃穆的感觉。斑驳的记忆，有褐红、褐黄、焦灰、灰白等过渡自然的色块，特别是在最上方有一处非常鲜明的焦黑色，让人更能体会到火的“肆意妄为”，在涂抹一层外观以后，更体现了现代的唯美与原始的自然之间的融合，展现出作品的精美与艺术价值。

人类是大自然的孩子。尽管人们无时无刻不在用科技改造着自然，但是在内心的深处总是常常隐藏回归自然的愿望。木、火与土是自然界中最普遍、最常见的事物，先于人类而存在，蕴藏着大自然最原始的精魂。柴烧陶则是木、火、土精魂的整合与再现，通过富于变化的色泽与机理来铭记炽焰在陶土身上的舔舐，唤起了人们对自然的原初记忆。

《灯塔》是陶艺作品中较为罕见的实物型作品，以生活中真实的凌海小区灯塔为原型。作品体态细长，由下至上逐渐变细，粗中有细，细中有粗，蕴于无形，张弛有度，居远观而感灯塔之磅礴，居近观而感灯塔之细腻。

就像看待一个人一样，衡量一件陶艺作品的价值，绝不能只看它的器形、高度、重量、材料，而更要知道其中揉进了创作者的多少汗水、心血以及情感。

【思想启迪】

扬理想风帆 铸信念灯塔 走好人生路

“高校思想政治工作必须围绕学生、关照学生、服务学生。”习近平这一重要指示指明高校的思想政治教育工作要紧贴学生特点和学生实际，以学生的成长、成才为一切工作的出发点和落脚点。

大连海事大学共青团工作始终以习近平新时代中国特色社会主义思想为指引，贯彻落实团的“十八大精神”和学校第五次党代会精神，因事而化、因时而进、因势而新，不断创新思想政治工作方式方法，推动大连海事大学共青团这艘航船行稳致远。

理论灯塔，引领思想航线

理想信念是人生路上的一座灯塔，使人们在重重迷雾中看见了真理，并为之而上下求索，从而创造辉煌，实现自己的人生价值。崇高的理想信念是人生的支柱和前进的灯塔，确立了崇高的理想信念，就有了强大的精神支柱和正确的方向，就能抵御各种腐朽思想的侵蚀。

大连海事大学不断推进师生的思想教育引领与理论学习工作，把该项工作作为重中之重。坚持以习近平新时代中国特色社会主义思想和党的十九大精神武装头脑、指导实践、推动工作，加强习近平新时代中国特色社会主义思想在交通运输领域的理论与实践研究，推动最新研究成果进教材、进课堂、进头脑。面对大学生群体，成立习近平新时代中国特色社会主义思想研习宣讲团，主要针对习近平对于思想政治工作、教育工作、共青团工作和青年工作的重要论述进行理论宣讲，真正做到以大学生视角讲理论、谈感受、话成长。

与此同时，大连海事大学各学院团委从服务学生成长成才的实际出发，成立灯塔读书社、“四进四信”理论宣讲团等形式多样的理论宣讲机构，极大地丰富了校、院两级的“青年马克思主义者培养工程”，让新时代新思想的真理光芒为海大学子点亮理想的灯、照亮前行的路。

榜样灯塔，朋辈指引方向

如果把人生比作广阔无垠的大海，那么榜样就好似一座屹立在海上的灯塔，任凭风吹雨打，依旧闪烁光亮。扬帆吧，朝着有光亮的方向驶去，海上重重迷雾中的灯塔好似希望在召唤，让一艘艘航船在大海中找到方向，不断前行。

榜样，就是我们身边那些闪耀着奋进之光的人。他们无不矢志于创造优秀的学习成绩或工作业绩，专注于提高工作水平。他们的思想、品格犹如一面面旗帜感召着海大的教师和学生；他们的行动、业绩犹如一座灯塔，激励着大连海事大学这艘航船前行。

大连海事大学加大典型培养树立力度，每年表彰优秀团员和团干部，并选立十名“青春人物”，鼓励更多的同学扎实前进，成为德智体美劳全面发展的优秀人才；同时深入推进向全国“时代楷模”曲建武学习系列活动，以曲建武同志为学习榜样，引领海大教职员工“待生如子、爱校如家”，为海大的发展献言献策，为海大的明天添砖加瓦。

希望灯塔，理想照亮未来

灯塔也将会随着历史的推移不断演变，从裸灯塔到有光灯塔，从原始灯塔到科技灯塔。我们也可用灯塔的变化来比喻理想信念、思想引领教育的变化。

大连海事大学不断开拓创新，以喜闻乐见的方式，潜移默化地对师生进行理想信念教育。以校训校歌、海大精神、海大传统等文化元素为核心，不断完善具有中国特色、海大风格的校园文化体系，打造蓝色海洋文化传承创新平台，引领师生成为蓝色海洋文化的践行者与传播者。学校会继续办好“海大讲坛”，开展“讲好海大故事”活动，推进高雅艺术进校园，不断提升校园文化品位与内涵。另外，学校积极培育校园文化成果，推出原创文化精品，丰富校园文化生活，创新文化载体和平台，引导师生自觉践行社会主义核心价值观。

紧跟新时代，拓展新路径，培养新人才。大连海事大学的共青团工作卓有成效，一代代海大学子怀揣着理想信念，到祖国最需要的地方奉献青春，走好人生路。灯塔，是精神的雕塑，是胜利的旗帜。海大这艘巨轮，正载着无数的企盼与希冀，沿着伟大理论指引的航向，扬起理想的风帆，铸就信念的灯塔，乘风破浪，奔向光辉灿烂的明天。

励志·篇

《音为梦想》
《渴望》
《心墙》
《寸草春晖》

《音为梦想》

【创作背景】

《音为梦想》是大连海事大学学生原创歌曲专辑。该专辑由大连海事大学大学生艺术教育中心于2014年出品,大连海事大学声乐团承担音乐制作工作。该专辑共收录5首校园原创歌曲:《音为梦想》《渴望》《绽放》《向往》《起航》,其中歌曲《音为梦想》为该专辑的主打歌。

《音为梦想》专辑取自"因为梦想"的同音词语,主要展示多年来一届又一届的海大学子创作的许多优秀的校园作品。歌曲种类丰富,主题多样。其中歌曲《音为梦想》以歌颂青春为主题,歌词内容都源自校园生活,从生活中的点滴出发,用小故事去传递抽象的大情感。歌词体现了作者对生活的极致体验和感悟,作者对生活处处留心,把小细节、小故事都印在了脑海里,因此所创作出的歌词不仅使学生产生身份认同感、参与感和收获感,而且以高雅的艺术形式陶冶了学生的情操,唤起他们的学习热情,激励和吸引他们为美好的理想而刻苦学习、钻研知识,同时更体现出大连海事大学丰富的艺术育人成果。

就如同《音为梦想》的歌词中所写的那样,"灼热的眼、紧握着的双手,凝视着前方不会迷茫"。艺术引航梦想,梦想导航未来。大连海事大学丰富的艺术课程和浓厚的艺术氛围使学生们拥有了良好的艺术素养。形式多样的艺术活动,更丰富了学生的兴趣爱好,培养了学生发现美、欣赏美和创造美的能力,使学生得到了全面发展,因此涌现出众多优秀的校园文化作品,让更多的学生在艺术中成就青春,在青春中铸就人生,从而在大连海事大学艺苑中陶冶情操、铸就梦想、成就未来。

【作品内容】

音为梦想

词曲:袁曜（电子信息科学与技术 2013级）

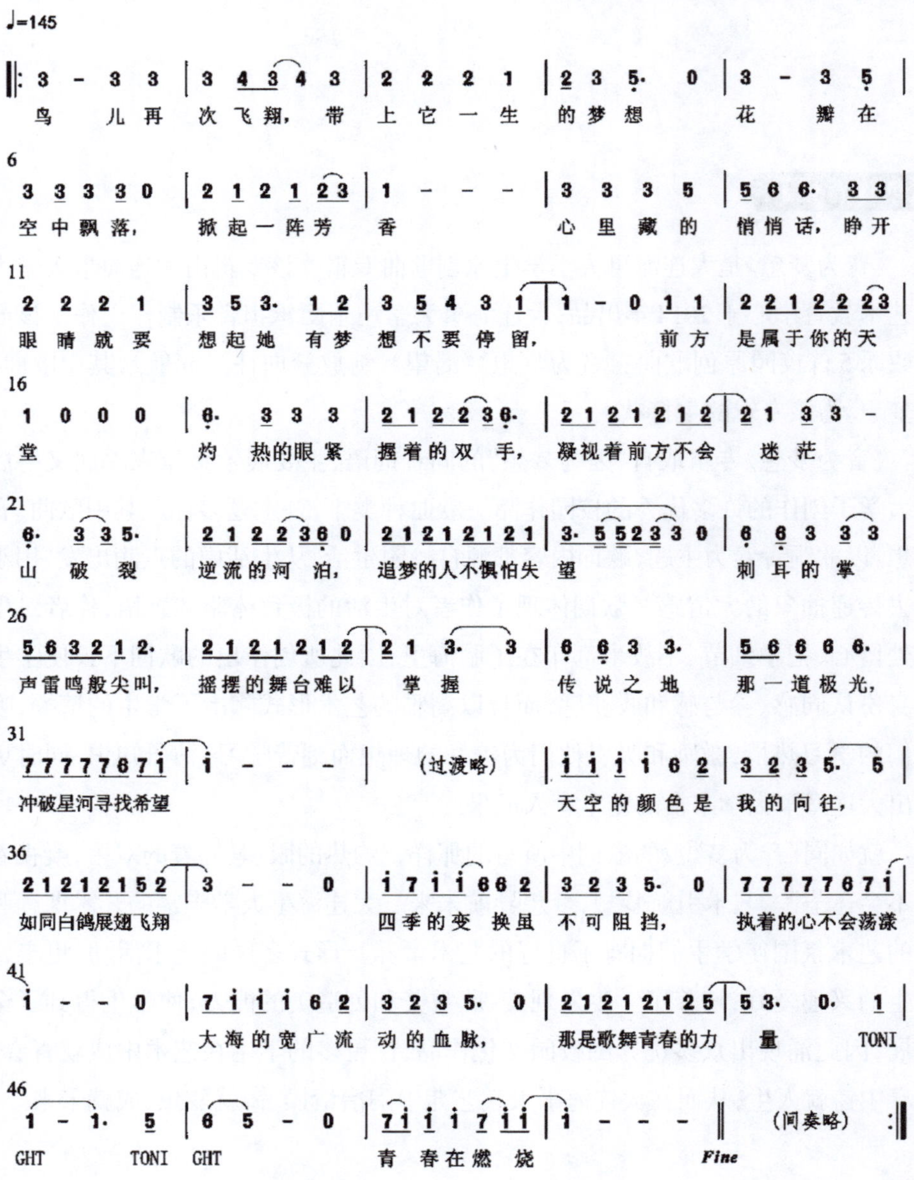

音为梦想二维码

【思想启迪】

以文化人 春风化雨塑心魂

我们在渤海之畔看泱泱中华风云变化，我们驾驶“育鲲”轮感受星辰变化。艺术是美好的、美丽的，也是美育的。海大人拥有驰骋江洋的铮铮铁骨，也有感受美、表现美、鉴赏美、创造美的独特眼光。时光荏苒，岁月更迭，四载循环，大连海事大学却始终秉持艺术教育的初衷，作为艺术教育的组织者、实施者，时时刻刻为优秀学子们的创作搭建艺术平台，让艺术之花在大连海事大学这片海洋中自由地绽放，从而结出艺术教育的累累硕果，在培养德智体美劳全面发展的合格建设者和可靠接班人的道路上行稳致远，且歌且行，艺术育人——春风化雨塑心魂，海大一直在路上。

艺为梦想——“三位一体”艺术教育管理机制

正如歌中所唱：“有梦想不要停留，前方是属于你的天堂。”海大有梦，在育人；艺术有梦，在育人；青春有梦，同样还在育人。为做好学校艺术育人工作，大连海事大学充分发挥艺术类社团的育人功能，将大学生艺术教育中心、大学生艺术实践协会、艺术类社团“三位一体”的育人体系充分应用到艺术教育活动的管理之中。在艺术类社团引领学校艺术育人工作的开展中，坚持以体系为基础，“刚性管理”与“柔性服务”为两翼，加速艺术教育管理制度科学化进程；通过“艺术活动项目化”为导向，完善艺术类社团项目申报制度，加强社团活动经费的宏观调控，提升大连海事大学艺术活动的系统化；以“三个一体化”为目标，实现教学改革与艺术教育建设一体化、硬件建设与软件建设一体化、第一课堂与第二课堂一体化。

“请进来”“走出去”是大连海事大学艺术教育开展的基本思路。“请进来”的有高雅艺术，通过走近大师，感受经典，陶冶情操，提高修养，弘扬民族文化；有高雅表演，如“笑掌室”相声团体，以笑说道，寓教于乐；有文化讲座，引领广大海大学子在中华优秀传统文化的浩瀚海洋中逐浪前行。“走出去”的多为海大学子创作的优秀文化作品，学校定期组团走访大连兄弟高校同类社团进行交流、学习，先后组建艺术团队随“育鲲”轮出访进行文化交流活动，推选优秀作品参加“高校原创文化精品推广行动计划”“同心杯”录制，参加辽宁省校园好声音大赛、大学生曲艺节，推荐原创话剧参加辽宁省大学生戏剧节，并作为辽宁省唯一代表参加第五届全国大学生戏剧节。“请进来”“走出去”的教育方案的实施，促进了海大校园艺术文化建设，也推动了海大文艺作品远播四海。

艺为向往——“二同”艺术人才培养模式

正如歌中所唱：“传说之地那一道极光，冲破星河寻找希望。”艺术是形式、是手段，更是途径、是渠道。海大文化底蕴深厚，艺术教育有素材、有资源、有媒介。海大艺术活动具有师生基础广泛、活动自主、行为自律、灵活多样等特点，在多年的探索中，形成了同艺术平台一起、同艺术人才一起的“二同”艺术育人培养模式。

艺术教育平台广阔，各种艺术活动百花齐放，形成了浓郁的艺术教育氛围。“心海嘹亮·新生歌咏比赛”为新生力量提供艺术平台；“迎新生文艺晚会”为新生力量提供艺术交互学习环境；“青春之歌”为海大青年歌唱青春正能量提供平台；“逐梦杯”舞蹈大赛为海大青年舞动青春提供梦想根基。此外，“校园十大歌手”比赛、“海蓝杯”新生舞蹈大赛、“艺澜之夜”话剧大赛……海大艺术教育形式更向着“精专型、特色型”方向拓展。大连海事大学着力构建校园人文关怀，丰富全校学生校园文化生活，同时着力打造“校园十大歌手”比赛、“金话筒主持人”大赛、“逐梦杯”舞蹈大赛等活动，增强校园文化活动的品牌意识，形成具有海大特色的品牌性活动。

求真知、求技能、求交流、求表现是大学生参与艺术活动的普遍现象，也是第二课堂育人的着力点，因为其可以有效弥补第一课堂在个人素质和能力培养方面的不足，构建更广阔的育人途径，形成艺术育人合力，为学生的终身发展提供催化剂，为学校立德树人的工作传递接力棒。

艺为绽放——艺术作品誉满荣华

“四季的变换虽不可阻挡，执着的心不会荡漾。”无论是艺术创作，还是艺术参与，抑或是艺术教学，都需要以执着的心态去面对、去要求，以“高标准、严要求”对待艺术作品，认真筹备各类演出，通过提升训练强度和频率，增强舞台等配套设备表现效果，将最好的作品呈现在海大师生面前，才能达到艺术育人的最终目的。

海大巨轮航行百年，积淀的文化内涵形成了诸多艺术作品的重要内容。在艺术创作的道路上，学校不断丰富艺术表现形式，提高作品的原创性，以海大人物为创作雏形，以凸显海大精神为创作主调。从校友贝汉廷到王亚夫，一位位卓越的海大人为艺术教育工作提供了现实教材。从王亚夫的人生经历出发，编排的主题话剧《王亚夫》，在校园内引起了广泛共鸣；同时，各类艺术作品走出校门，也成为宣传海大的艺术窗口，展示了大连海事大学优秀学子在全国交通运输行业内吃苦耐劳、兢兢业业的青春风采，脚踏实地、和衷共济的精神风貌，完美地诠释了大连海事大学的育人精神和宗旨，诠释了大连海事大学的传统、底蕴和灵魂。

艺术可以感染人、教育人，同样也可以塑造人。形式丰富多样的艺术作品成为构建校园优秀作品精品工程的抓手，也成为发挥艺术的人文教育功能的重要载体。海大人的事业在大海上，征服大海几多考验、几多挑战，操纵船舶技艺精湛很重要，以良好的道德情操应对海上的生活也同样重要。大连海事大学正在通过优秀的校园文化作品感染更多的学生、教育更多的学生、引领更多的学生、塑造更多的学生，以文化人。

《渴　望》

【创作背景】

《渴望》是由大连海事大学学生独立创作的校园歌曲。大连海事大学作为中国著名的高等航海学府，是被国际海事组织认定的世界上少数几所享有国际盛誉的海事院校之一。大连海事大学的使命不只是单纯的人才培养、科学研究、促进技术进步等，还是唤起沉睡在中华民族血液里的蓝色基因。

“唤醒蓝色基因、传承蓝色文化”是海大学子一直以来的使命。大连海事大学传承发扬百年名校、航海家摇篮的文化底蕴和办学传统，建设具有中国特色、海大风格的大学文化；不断丰富和发展航海文化内涵，引领航海文化的前进方向；充分发挥学校在蓝色海洋文化传承创新中的辐射作用，打造中国特色海洋文化传承创新平台。

多年来，海大学子在大连海事大学“四色”文化的熏陶下不断成长。鉴于在大连海事大学独特的人才培养体系和特色文化教育下的成长经历，海大学子有感而发，写出校园励志歌曲《渴望》，将校园中随处弥漫“海味”文化氛围借用歌曲这一艺术形式予以表达，基于以物化文、以文化人的育人理念，发挥文化育人的潜移默化作用，以此塑造海大人的特色文化底蕴，以及对海事特色文化的自觉、自信和自强，最终实现“海事特色”文化的传承和发展。

以文化人、以文育人、以文筑人，是海大文化育人质量提升工程的重要举措，也是学校贯彻落实“三全”育人体系的重要支撑。渴望文化滋养，渴望涵育品行，渴望让每名学子成长成才，是海大立德树人不断向深、向广推进的动力源泉。

【作品内容】

渴望

作词:孙宝玉 （行政管理 2015级）
作曲:孙祎临 （工商管理 2013级）
袁 曜（电子信息科学与技术 2013级）

1=B 4/4
♩=144

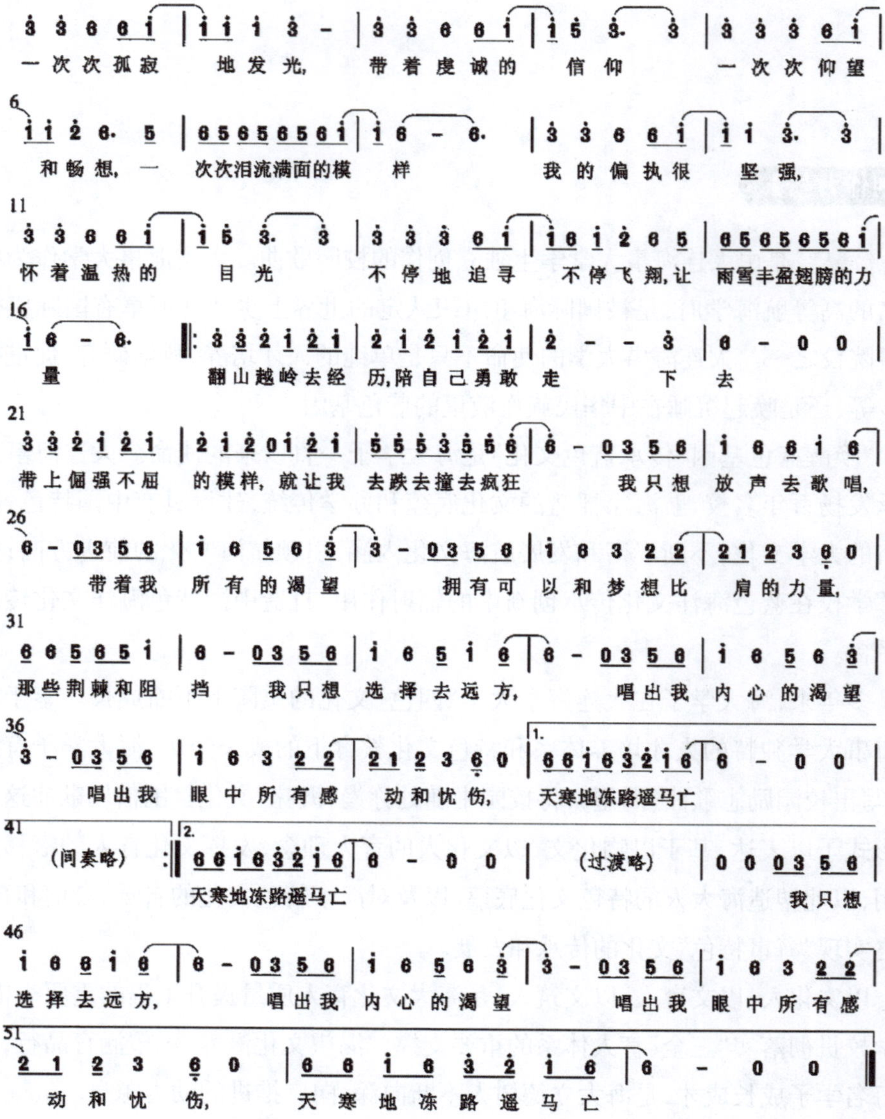

1/1

渴望二维码

【思想启迪】

文化引航 特色引路 开拓以文筑人新路径

从“学汇百川，德济四海”的校训到“坚定、严谨、勤奋、开拓”的海大精神，大连海事大学的文化体现在校园的一草一木、一石一景中。多年来，大连海事大学致力于高素质海事人才的教育和培养，构建了“红色爱国主义教育、蓝色海洋文化教育、绿色国防文化教育、彩色国际文化教育”的“四色”文化体系。打造“海大讲坛”文化品牌，邀请金一南、罗援、尹卓、张维为等一批知名专家学者来校授课，强化思想引领，推进中国特色社会主义理论入脑入心。

大学之道，在明明德

“大学之道，在明明德，在亲民，在止于至善。”只有走好海大路，才能当好海大人。对于每一名海大人来说，人生有三个境界，那就是明明德、亲民、止于至善。若要达到这三种境界，就需要八级成长阶梯，分别为格物、致知、诚意、正心、修身、齐家、治国、平天下。如果能按照这八级成长阶梯拾级而上，就能在止于至善的道路上行稳致远。

“明明德”的含义是使我们焕发出光明的本性，归根到底就是一个养成高尚的道德品质的过程，简单来说就是培养品德、塑造品德、锤炼品德的过程。著名教育家蔡元培先生说过：“若无德，则虽体魄智力发达，适足助其为恶。”如果把人生比作行驶中的汽车，那么，德行就是人生的方向盘，直接决定人生的方向。修养德行是“扣好人生的第一粒扣子”的关键。

“亲民”是我们与身边的人接触、认识、了解、熟悉的过程，也是我们作为个体接触社会、融入社会、贡献社会的过程。海大学子现在在学校中学习和生活，老师和同学是接触最多的人，以后走向社会，会与更多不同身份的人有接触，要具备与人相处的能力，最根本的就是要做到古人说的“穷则独善其身，达则兼济天下”，做一个顶天立地的人。

“止于至善”是一个追求卓越的渴望，是永远让自己变得更好、更有意义、更有价值的状态，是人生至高境界的一种追求，是人生的远大目标。对于新时代的青年来说，止于至善目标是跟实现交通强国梦、民族复兴梦同向而驰的。每名同学都有不同的职业理想和人生理想，但相同的一定都是根植于时代，根植于国家。

渴望是一种理想，也是一种信念，是培育和践行社会主义核心价值观的强大精神动力。从大学谈青春，从人生谈理想，渴望让每名海大学子成长成才。

文化活动丰富多彩，入脑入心

大连海事大学积极创新文化载体和平台，引导师生自觉培育和践行社会主义核心价值观。为能营造润物无声的熏陶环境，大连海事大学在校园建设、校训校歌、校色标识等诸多可利用的载体中，融入了海事特色文化，在潜移默化中培养了学生热爱海洋、热爱海洋事业的情怀。

大连海事大学从建校初始即精心营造校园环境，突出海事特色，充分运用它的隐性功能对学生实施有效的海事文化教育。校园内散布着麦哲伦、哥伦布等航海家的石像，郑和下西洋的壁图，鼓励学生投身国家海洋、海事事业。校园矗立着“锚、船钟、螺旋桨、舵轮”组雕，为学生生动地描述着航海精神。行走在校园的小路上，举目可见渤海路、黄海路、东海路等路牌，抬头可见远航楼、扬帆楼、启航楼等教学楼。学校修建了“心海湖”，并题记“世间万物，皆有疆域，唯心为大，心海无形”，以物化的“心海湖”传达学校培养学生“志向高远”的理念。在学生流密集的校门口、教学区与生活区之间，学校修建了航标灯塔、建校百年“海”字纪念雕塑、司南仪雕塑等，时刻提示着路过的每名海大学子去缅怀辉煌的中国古代航海，去反省曾经衰败的中国近代航海，去领悟“谁能够控制海洋，谁就能够成为世界强国”的至理名言。学校的校训“学汇百川，德济四海”，是希望海大人具有大海般的胸襟，做品德高尚、德才兼备的人，待学成之时经邦济世、服务社会。经过岁月的浸润与磨砺，这八字校训已成为所有海大人共同的价值取向和精神追求，是学校教职员工、学生和校友共同遵循的道德准则。学校校歌中“知路远，守本根，肩负中华的责任；汇百川，济四海，青史建功勋”的理想已融入学生的一言一行。学校将“海味”文化巧妙地嫁接到校色标识中。“大海蓝”是学校的校色，广泛用于学校官方视觉识别系统中，是校旗的底色。学生校服是仿海员制服式，夏季白色，冬季蓝色。大海与白云的颜色既体现着学校特色鲜明的海事文化和情怀，使学生有着强烈的专业归属感；又因制服在身，约束着一言一行，体现着学校对学生的训练有素、纪律严明的素质要求。

文化特色鲜明，育人成果显著

全面加强半军事化管理，使半军事化管理成为中国高等航海教育的重要组成部分，得到社会一致认可。大连海事大学组织航海类专业学生参加2015年和2017年“中国海员技能大比武”，连续两次获得团体总分第一名。航海类学生方队在第十二届全国运动会开幕式上的列队展演受到社会各界的高度赞誉。多年来，学校致力于将特色文化与教育管理核心要素相结合，建立并实施了学生半军事化管理制度和教学质量保障体系，力求从制度、程序、手段和环境等层面打造具有海事特色的教育管理模式。学生半军事化管理制度因远洋运输岗位对其工作人员素质的特殊要求而生，但又不止步于此。学校的半军事化管理制度不仅是一种管理模式，更是学校独具特色的育人模式，为航海类专业的人才培养提供了全新的思路。

自1963年实施半军事化管理模式以来，学校在组织机构、管理队伍、硬件资源、运行机制、内涵建设、科学训练等多方面不断完善和发展半军事化管理制度，积极开展理论研究、育人辩证关系研究并付诸实践，将其与培养学生“坚定、严谨、勤奋、开拓”的海大精神有机结合起来，与“智商、情商、技商、体商”四位一体的培养模式密切结合起来，形成了独特的海大育人模式，收到了良好的效果。借由学生半军事化管理制度，牢固地在学生头脑中树立大局意识、奉献精神和纪律观念，培养学生过硬的思想政治素质、坚定的意志品质和优良的军政素质。

大连海事大学的实践教学同样独具特色。围绕着海事特色，一半的本科生需要在船上进行实习，以最直观的方式增进对船舶和海洋的认识。值得一提的是，学校航海实践教学的经典实例——“凌风远航”队。历届“凌风远航”队的学生仅依靠海图和磁罗经导航，驾驶无机械动力训练艇，利用暑期往返大连和烟台之间，成为学校“同舟共济、艰苦卓绝、科学航海、爱国为根”的最好诠释。学校始终重视创新创业教育，以课程、项目、社团等平台为引领，协同全校力量，推进创新创业教育，建立了较为完善的创新创业教育体系，取得了预期效果。

筑梦深蓝，兼济天下。大连海事大学将继续坚持海事特色文化对学校办学定位、资源建设和人才培养的统领，不断发展和完善特色文化内涵，为助力海运强国和海洋强国建设、实现国家“一带一路”倡议构想提供坚实的人才保障。

《心　墙》

【创作背景】

小品《心墙》是大连海事大学原创小品，首演于2017年迎新生文艺晚会。该小品深入挖掘大学生活的片段，用寓教于乐的方式反映一些大学生沉迷手机、缺少与父母沟通的问题，触动人心、引人反思。《心墙》也与国家“三走”活动号召相呼应，鼓励更多的同学放下手机，走出寝室，用心和他人沟通。

小品中父母对初入大学的孩子们的关心和思念与孩子对于手机的依赖形成了鲜明对比，到最后孩子们与母亲紧紧相拥，令晚会现场的气氛十分感人、温馨。在迎新生晚会的首演现场，对于刚刚步入大学的同学们来说，半个月来军训的辛苦、初次离开家的不适应，使很多人看着看着就红了眼眶。

越来越多的当代大学生，在晴日里将自己囚在宿舍，吃外卖、打游戏；在阴天里蒙着被子倒头大睡，一觉转醒发现已是傍晚；与室友沟通的时间越来越少，与手机相对的时间越来越多，对父母的埋怨越来越多；却对虚拟的“网上好朋友”恋恋不舍。

“三走”活动是由教育部、国家体育总局、团中央和全国学联共同发起的倡导大学生积极投身体育锻炼，走下网络、走出宿舍、走向操场的大型大学生主题群众性课外体育锻炼活动。大连海事大学也积极响应号召，在校园内开展了形式多样、内容充实的“三走”系列活动，活动效果明显，有更多的同学愿意走出寝室，拥抱自然，拥抱最亲近的人。

【作品内容】

越来越多的人,自称是“肥宅”,并一点点履行着“肥宅条约”。当同学踊跃参加各种活动和比赛时,当室友在风和日丽的天气里散步、爬山时,他们只是窝在宿舍里,沉溺在自己的小世界中无法自拔。

《心墙》剧本

时间:父亲生日。

地点:父亲家中。

人物:父亲、大儿子、二儿子、小儿子、小女儿。

(黑灯,音乐起,舞台中央四把椅子,偏台处放置了一张桌子,桌子上放置蛋糕。)

(爱心志愿者敲门,父亲起身开门。)

(父亲开门迎接爱心志愿者,爱心志愿者送来Wi-Fi连接器,与父亲一同将Wi-Fi连接器放到桌子上。)

(爱心志愿者欲为父亲庆祝生日,并戴上生日帽。)

(父亲摆手示意不用志愿者费心,拿出自己全家福照片。)

(大屏幕显示全家福。)

(志愿者表示不留下打扰父亲一家团聚,示意离开。)

(父亲挥手送别志愿者。)

(父亲将Wi-Fi连接器打开放置舞台中央,等待儿女归来。)

(大儿子上场,敲门。)

(父亲开门欲与大儿子拥抱,大儿子无视。)

(大儿子见到Wi-Fi连接器后,与父亲拥抱。)

(大儿子坐在左数第三把椅子上,父亲想与其聊天,大儿子无视。)

(敲门声响,二儿子上场。)

(二儿子见到父亲,与父亲进行自拍,随后无视父亲,坐到第四把椅子上。)

(父亲想对二儿子嘘寒问暖,被无视。)

(敲门声响,小儿子上场与父亲问好。)

(手机被父亲拦于门外。)

(小儿子发现手机被留在门外,出门拿回手机。)

(父亲与小儿子争抢手机。)

(最终父亲没有争抢过小儿子,小儿子坐到第一个位置上。)

(敲门声起,小女儿上场。)

(父亲对小女儿嘘寒问暖,小女儿对父亲诉说自己工作的疲劳。)

(小女儿坐在第二个位置上,享受着用上网的快乐,仍然无视着父亲。)

(父亲走到二儿子身边,想看看二儿子玩什么,并为二儿子捶肩。)

二儿子手机播:观众朋友们,大家好!欢迎收看今天的海大影评,我是今天的电影解说员,你的男孩gg,今儿呢,我给大家带来一段最新的科幻大片《变形金刚6666666……6!》)

(父亲挡了Wi-Fi信号,二儿子不耐烦,让父亲走开,父亲走到大儿子旁边。)

大儿子手机播:hello!大家好!欢迎收看今天的《动物世界》,今天啊咱们讲一讲这个高智商动物,比如说这个猩猩猩猩……猩!)

(大儿子不耐烦,让父亲走开,父亲走到小闺女身边。)

小闺女手机播:大家好!今天给大家推荐的就是这款美颜相机app,拍起照来萌萌哒哒哒哒哒。)

(小闺女不耐烦,让父亲走开,父亲走到小儿子身边。)

小儿子手机播:大家好!欢迎来到天狗购物,今天给大家推荐的一款商品是一款比基基基基基尼泳衣!)

(小儿子将父亲推开,众人看着各自手机中的节目哈哈大笑。)

(突然所有手机内的画面全部静止,众人疑惑,二儿子将手机高举。)

二儿子手机播:决战前夕,擎天柱和大黄蜂带着一群汽车人小弟去加油,这是第一个小弟

大儿子手机播:屁股很翘,浑身是毛。

二儿子手机播:第二个小弟。

女儿手机播:皮肤嫩白,毫无皱纹,太美了!

二儿子手机播:第三个小弟。

小儿子手机播:穿上比基尼,从此找回了自信!

大儿子手机播:它们在很多电影里都出现过,比如猩球崛起和金刚,金刚讲的主要是……

小儿子手机播:走在沙滩上,性感的……

二儿子手机播:擎天柱。

女儿手机播:下巴尖尖的,就好像变了性一样。

二儿子手机播:所以说啊,这部电影告诉我们……

女儿手机播:变性。

大儿子手机播:金刚。

小儿子手机播:穿着比基尼。

女儿手机播:太美了!

(音乐响起,众人在音乐中争抢Wi-Fi。)

(大儿子在争抢中摔倒。)

(父亲出面阻止,扶起大儿子。)

(大儿子将父亲甩开,父亲摔倒。)

(志愿者拿蛋糕上场,发现摔倒的父亲。)

(志愿者将蛋糕放在第四个椅子上,阻止争抢Wi-Fi的四人。)

(四人发现摔倒的父亲停止了争抢。)

(四人与志愿者跑去扶起了父亲,把父亲扶到桌子处坐下。)

(父亲将准备好的礼物给四个子女。)

(大儿子关闭了手机。)

(其他子女也陆续关闭了手机。)

(志愿者端上了蛋糕,为父亲庆生。)

(生日快乐歌响起。)

(集体谢幕。)

【思想启迪】

走下网络 走出宿舍 走向操场 别让网络成了“心墙”

由于学业压力、对于互联网依赖程度的加深、群众性体育活动载体不足等因素，青少年学生特别是大学生群体对于体育锻炼的自觉意识和重视程度明显不足，身体素质和健康状况不容乐观，身体素质、身心健康程度相比于没有手机前的大学生同比大幅度下降，网络过度依赖问题造成的人际交流障碍问题已经愈发显现。“三走”活动的号召成了适时的、必要的活动，帮助当代大学生解决网络依赖问题，提升身体素质。大连海事大学响应国家号召，开展丰富多彩的“三走”活动。

推“墙”——走下网络、走出宿舍、走向操场

依托“三走”活动，开展全校性体育活动周。学校组织的体育活动种类丰富，包括乒乓球联赛、“海大杯”足球赛、“一帆杯”篮球赛、排球比赛、羽毛球比赛等众多团体及个人性体育竞技类比赛，以及12月份的冬季长跑比赛。乒乓球赛场上，挥舞的球拍展现出选手拼搏的风采；绿茵场上，骄阳的映照盖不住同学们洒下的汗水；女子足球队员们更是巾帼不让须眉，演绎出柔美与力量的完美结合。比赛活动范围广、参与学生众多，学校各部门通力合作、上下联动，基本达到“增强学生健康理念、确保全员参与运动”的目的。

依托体育类学生社团，开展各项体育活动，繁荣校园体育文化。学校对篮球社团、足球社团、极限飞盘社团、羽毛球社团等众多体育类社团进行统一整合，新增加体育类社团单独招新，并为每一个体育类社团制定定期活动场地以及时间，吸引更多的同学能够到操场上参与到体育社团的活动中。各体育类学生社团配有专业的体育老师进行指导，使学生做到运动有序、运动有度、运动有法。体育活动蓬勃发展，效果显著。

继续开展蓝色特色体育类活动。大连海事大学一贯重视对于新生的军事训练工作，多年来，始终坚持在新生集中军训期间组织开展拉练活动，进一步磨砺新生

的意志品质，培养他们吃苦耐劳的精神，强健学生的体魄。同时，校运动会也蓬勃开展，拓展项目数量，增加参与人数，形成齐抓共管的体育活动开展风尚，增强海大学子精神体魄。

人“心”——用心沟通、用爱交流、用情生活

小品最后一句话道出了整个作品的精髓：别让手机成了人与人之间的心墙；对父母多一点关心，哪怕是一个电话、一句问候、一声关怀。当代大学生之间缺乏人际交流，更多的沟通通过手机、电脑网络进行，缺失了很多人性的温暖，为此大连海事大学开展了形式多样的活动。

学校开展“你真的是肥宅吗？不，你不是！”网络交流活动。普通的自我介绍，都会让终日沉迷网络的同学百般推辞、避之不及，而他们自我保护的方式，就是蜷缩在自己安全领域，不面向外面的世界，带着“保护壳”与外界隔离。号召全校学生，走出那个充满孤独的房屋，踏进那个洋溢青春活力的操场，冲破那堵束缚封闭自己的屋墙，拥抱这个温情开放的大千世界，用心去与同学沟通，重新回到这个现实世界。

学校开展“DMUers！别看手机了，看看我吧！”系列活动。向全校学生宣传长期驼背、低头看手机，会导致脊椎的生理曲度异常变直，进而损伤颈部肌肉和颈椎小关节囊，造成肩颈背部疼痛。呼吁同学们“别看手机了！看看我吧！我是你的颈椎和无辜的路灯，我是出入口和实体书刊，我更是聚会时身边人的目光、课堂上老师的板书，我们在这里一起，等待着你的关注”。

“三走”活动的开展为同学们养成运动意识和参与体育锻炼搭建了良好的平台，对培养学生健康身心素质起到了良好的促进作用，学生整体精神面貌得到明显的改善。同时，学校创新方式，多措并举，充分弘扬了中华传统文化，积极培育和践行了社会主义核心价值观。为“三走”体育活动拓展成为团结和引导青少年成长进步的有效载体，学校创新活动平台、丰富活动内涵、构建长效机制，不断增强学生体育运动的吸引力和针对性，组织更多常态化、品牌化的体育活动，久久为功，将“三走”活动作为培养身心健康、素质突出的人才工作常抓不懈。将“挑战、趣味、健康、青春”发挥到极致，同学们在运动中迎接不同的挑战，感受别样的快乐，将汗水尽情挥洒，将青春纵情演绎。

【创作背景】

《育鲲成鹏》(如图5、图6所示)是大连海事大学的原创舞蹈。其气势磅礴、恢宏大气,展现了航海类专业男儿满怀豪情、披荆斩棘、乘风破浪的气魄,同时也通过肢体语言表现了一代代大连海事大学教学实习船的历史变迁。

改革开放40年来,随着世界贸易中心向亚洲转移,高速增长的中国经济对海运需求巨大,中国海外航运业务发展迅速。每年新增的海运量中,超过60%是中国的进出口货物,中国由海运大国向海运强国转换的时机已经成熟,当然,这一过程充满了机遇和挑战。

几代海大人栉风沐雨,以积水成渊的韧劲、逆水行舟的闯劲、水滴石穿的钻劲,谱写了一段又一段扬帆出海的华彩乐章。大国崛起的历史告诉我们:海运兴则国强民富,海运衰则国弱民穷。海员是我国海洋强国、交通强国的主力军,在外也代表着中国的形象。在新时代下,我们更需要不忘初心,牢记使命,紧跟“一带一路”倡议契机,把培育优秀的航运人才作为海大培养人才矢志不渝的目标。

实习船队是学校航海类专业重要的实践教学基地,为培养航运人才提供了优秀的实践场所。大连海事大学教学实习船队经历了几十年的不断更替,从简陋的退役实习船到首艘现代化多用途载货教学实习船,实习船的软件、硬件逐渐升级,为未来的海员们提前熟悉工作环境创造了良好的条件。教学实习船也见证着一代代海大学子从学校走向海洋,劈波斩浪,向海而行。

【作品内容】

图5 《育鲲成鹏》剧照(一)

图6 《育鲲成鹏》剧照(二)

【思想启迪】

凌云自有雄姿赞 志在江山育鲲鹏

大连海事大学作为航海家的摇篮，先后拥有“红专”轮、“育红”轮、“育英”轮、“郑和”轮、“育才”轮、“育龙”轮等远洋实习船。现役教学实习船有2艘，除专用教学实习船“育鲲”轮外，中国第二代首艘现代化多用途载货教学实习船“育鹏”轮也已于2016年投入使用，为培养高素质航海人才和航运管理人才保驾护航。

填补空白——“育鲲”轮专用教学实习船

2008年，“育鲲”轮的投入使用填补了我国航海高等学府无专用教学实习船这一空白。与世界同类教育实习船相比，该船是专门针对航海类专业学生教学实习而进行设计的，不设货舱，因而增加了学生的实际操作空间，保证学生的实习质量；2010年，“育鲲”轮入选成为IMO主导的“全球实习船培训项目”成员船。2012年，“育鲲”轮成为我国第一艘零缺陷通过欧盟国家海事局航海教育质量和实践教学设施审核的教学实习科研船。

“育鲲”轮上的高级船员都是在校老师。船上的船长、轮机长、大副、大管轮、二副、二管轮、三副、三管轮等，都是由学校遴选的理论知识扎实、实践经验丰富的“双师”型教师担任，从理论到实践，学生可以进行“一站式”学习。此外，“育鲲”轮还完成了数十批、1 000多人次的国家海事安全检察官、海事仲裁员、船舶价格评估师、海事英语师资专项培训任务；参与IMO主导的“全球实习船培训项目”，先后完成多批次新加坡理工大学和香港理工大学学生的实习船专项培训任务。

丝绸之路——校船开展文化交流

在完成相关实习教学任务的同时，“育鲲”轮作为中国高等航海教育对外交流的友好“使者”，也承接了大量活动，为我国开展对外海事交流与合作活动，培养航海人才的国际化理念和拓宽视野做出了积极贡献。

2008年9月，“育鲲”轮承载着中国航海院校代表团，前往韩国进行为期10天的交流访问，这是我国航海院校专用教学实习船的首次出访。“育鲲”轮开展了主题为“海上丝路和谐之旅”的访问活动，出访菲律宾和越南，并应邀参加了IMO缔约国在菲律宾马尼拉召开的外交大会相关活动，充分展示了我国航海教育的发展成就。时任IMO秘书长米乔普勒斯率领参加STCW缔约国外交大会的各国政府官员300余人，专程考察了“育鲲”轮，表示从“育鲲”轮上的师生身上看到了中国高等航海教育的发展和自信，肯定了中国高等航海教育的发展成果。“育鲲”轮随后也访问了新加坡、俄罗斯、马来西亚等众多国家。2017年，“育鲲”轮受邀参加中国香港回归20周年特别活动。

“育鲲”轮已成功搭建了中外航海院校国际交流与合作的平台，成为中国航海教育对外交流的窗口和友好使者，使我国更加清晰地了解国外航海教育的情况，同时，也将中国海事教育发展的成就展示给了世界。

“浮动国土”——创造高校思想政治工作新模式

在“育鲲”轮这个浮动的国土上，大连海事大学以临时党支部为依托，不断创新人才培养模式，将党建、思想政治工作融入教学管理、船舶安全生产和船员日常管理，以不断学习注入动力，以持续创新激发活力，始终让党旗在这片“流动的国土”上高高飘扬。

据了解，在每次出访航行期间的船员中，党员的比例占40%~50%。为了确保教学、实习工作的顺利开展，充分发挥党组织的战斗堡垒作用，一支包括船员、教师及在船实习学生在内的临时党支部应运而生，被称为“浮动国土上的流动党支部”。虽然上船工作的船员、教师和实习的学生是流动的，但船上的党建工作、党员活动已制度化、常态化。无论是日常管理、教学实习，还是访问交流，共产党员在“育鲲”轮上时刻发挥着党员的先锋模范作用。无论在“育鲲”轮的哪一个岗位上，师生党员们都用实际行动履行着自己的职责，共同守护着“流动的国土”上共产党员的信仰。

“育鲲”轮也是移动的思想政治理论课堂。在每年的实习船出访期间，学校都会适时进行爱国主义教育，举办专题报告、座谈会、时事讲座等，随船出访的学校领导带头为学生上党课、团课，开拓了师生的视野。

未来可期——不变的是对海的追寻

“育鹏”轮是由我国自行设计建造的大连海事大学现代化、第二代第一艘多用途载货教学实习船，载重吨约30 000吨，总长199.8米，船宽27.8米，型深15.5米，设计吃水10.3米，服务航速17.5节，由上海船舶研究设计院自行开发，大连中远船务工程有限公司建造。该轮荟萃了现代船舶设计、制造、装备技术，设计先进，装备精良。“育鲲”轮大量使用了目前世界上最智能先进、高效环保的设备，主要用于航海类专业学生的教学实习，适用装运散杂货、重大成套工程设备及集装箱，并可用于交通信息工程与控制、航海科学与技术、轮机工程和环境工程等学科的科学研究和试验，是大连海事大学培养高素质航海人才和航运管理人才的教学、科研实训基地。2017年5月9日，“育鹏”轮开启首次远洋航行之旅。

万里海程，育鲲成鹏。一艘艘教学实习船见证了我国高等航海教育的一次次进步，海大专用教学实习船“育鲲”轮和载货教学实习船“育鹏”轮的相继投入使用，实现了海大人建设“育鲲成鹏”远洋实习船队的追求，将为培养高素质航海人才和航运管理人才保驾护航。承载着世界一流海事大学的梦想，寄望于民族航海之梦的伟大振兴，“育鲲”“育鹏”追逐深蓝，乘风破浪，扬帆远航！

《寸草春晖》

【创作背景】

《寸草春晖》是大连海事大学原创小品，首演于“我心中那一抹蓝”2016年迎新生文艺晚会。该小品深入挖掘大学生活的片段，展现了父母对孩子浓浓的爱，表达了海大学子赞颂父母情，感恩父母的心声触动人心、引人反思。

天大地大父母恩大，你的每一分毫都在父母挂念之中。现在的你欢笑不断，也许你的父母正在忧心忡忡，想着念着你的饥饱冷暖。该作品激起了学生们对父母的思念，在海大的每一天，想起父母对自己的牵挂，每一个海大学子都会更加努力，更加感恩父母。

感恩教育的核心就是培养人的感恩意识。感恩是一种普遍存在于人类社会中的行为规范，也是公认的基本道德规范。人只有心怀感恩意识，才会主动去报答。感恩的种类、对象有很多种，但是每一种都应是发自内心的表达。

张世英，是2018年唯一一个不远万里从美国回来参加校庆的老校友。当问到是怎样一种情怀驱使他回来的时候，他很朴实地说：“我是回来感恩的，海大培养了我，母校过生日我岂有不来祝福的道理？可惜老伴病了，要不我带她一块来看看，看看如此繁荣、昌盛、漂亮的母校。”开展感恩教育，目的是让大学生从入学一直到毕业走向社会，都能从他人的立场出发，急他人之所急，乐他人之所乐，积极体验他人的内心世界和情感。只有这样，培养出的学生才能感他人所感，知他人之情，能体谅他人、同情他人、帮助他人，从而形成大学生的健全人格，为社会提供源源不断的良性创造力资源。

【作品内容】

寸草春晖

时间:儿子生日。

人物:母亲、儿子、牛姓室友、王姓室友。

地点:校门外、寝室。

(母亲挥手上台。)

母亲:同学们好!今天是我儿子20岁生日,我特地没告诉他,偷偷来学校看他了,不过这两天两夜的绿皮车坐得我腰疼啊,我先给我儿子打个电话(母亲拿出手机,打电话)。

儿子:喂?

母亲:喂?儿子,你猜妈是谁?

儿子:妈,你是我爹吧。

母亲:这傻儿子,妈来了,妈过来看看你,你猜妈在哪呢?

儿子:你扒苞米呢?

母亲:你就不能再把妈往高大上了猜?

儿子:烀苞米呢?

母亲:再高,再高点!

儿子:崩爆米花呢?

母亲:儿啊,我在你们学校门口呢!

儿子:我的妈啊,你怎么来了呢,你可真是我亲妈啊!

母亲:这不是看你来了嘛!

儿子:我不是不让你来吗,你真是……

母亲:快快快,快出来接妈一下。

儿子:那你等我一会儿啊!

母亲:行行行,哎呀,这咋撂了呢?

(母亲踱步。)

母亲:哎呀,这学校就是不一样啊!改革春风吹满地,学校年年新景气,我都快认不出来了!你说去年送我儿子上学来这里,那校门口不管啥车呼呼往里挤,如今看到这门岗设立,我是再也不用操心费力!

(儿子偷偷摸摸上台,急忙把母亲搅到一边。)

母亲:哎呀,儿子来了!

儿子:妈,你说你穿成这样,让我同学看见多丢人呀!

母亲:你个小兔崽子,妈这不想你了吗?

儿子:妈,我都多大了。

母亲:好,大兔崽子!你说你,暑假一个月也不回去,你过个生日,妈来好好看看你,再说了,人家那家长隔三岔五就来看孩子,我这不来看看你嘛,看看。

儿子:哎呀,来啥来!人家家长开的啥啊,奔驰、宝马、奥迪、宾利,咱家呢,动次打次的拖拉机,再说你穿成这样,你让我同学看见怎么办,你赶紧走吧!

母亲:今年屯里可流行这个了。

儿子:赶紧走吧!

母亲:啊!对,妈给你拿点钱。

儿子:钱可以。那个零的你拿走吧,走啦!

母亲:等会儿,妈还给你做的桂花糕,你小时候可愿意吃这个了。

儿子:行了,我拿一个就行了。

母亲:等会儿,妈还给你做的咸鸭蛋,冒油了都。

儿子:妈!我一会儿还有约!烦死我了,真是我亲妈呀!

母亲:妈……妈还没给你唱生日快乐歌呢!

(母亲面露悲伤,徐徐下蹲,伴随着生日快乐歌的旋律,晕倒在学校门口。)

(牛姓室友拿书上场,牛姓室友简称牛)

牛:哎呀呀,这一块两块三块,哎哟!来这么多人啊,同学们,军训可累吗?我跟你们说啊,我也挺累的,我呢,在家教服务中心那里找了个兼职,挣点生活费,今天又干了不老少,我给你们念念,这个,给老爷爷孙子补习功课,十块!给老爷爷买菜,三块!给老爷爷刷碗做饭这又是三块!这个十块、三块……哎?这有个老太太,我看看给老太太干活多少钱来着?哎呀,这老太太晕倒了吧!

(牛小跑到母亲身边,查看其身体状况。)

牛:阿姨,阿姨,你醒醒啊,阿姨!阿姨,你别急,阿姨,我送你去医院。

(伴随着急救车笛声,牛将母亲抱走。)

(黑灯,换场。)

(寝室场景,一张床,两张桌子,两把椅子。)

(儿子正在玩游戏,王姓室友正在学习,王姓室友简称王。)

儿子:哎!哥哥哥!跟你闹着玩儿的哥!哟哟哟!

(伴随LOL阵亡音效。)

儿子:哎呀!

王:干什么呢!还让不让人学习了?

儿子:使了洪荒之力还是输了,哎呀哎呀哎呀,老王啊!

王:咋啦?

儿子:我这玩游戏的哥们儿们说得对啊,这游戏啊水平是一方面,这装备也得跟得上啊!

王:那你是只能靠装备了。

儿子:关键是这装备一千块啊!

王:一千块,抢钱啊?

儿子:哎,老王,听说你上学期学习挺好的哈。

王:还行,还行。

儿子:国家级奖学金,八千块啊!借我五百呗。

王:我、我没那么多闲钱,我啊,还准备去报大创跟大挑呢!

儿子:大挑?耐克啊?

王:什么耐克?挑战杯!

儿子:挑战杯?你要挑战谁?

王:还说不明白了!挑战杯,全国大学生系列科技竞赛的简称,我啊,打算先报一个大学生创新创业训练项目,争取拿国奖!然后,还能保研呢!

儿子:这些东西我都懂,你就说能借我多少钱吧!

王(不耐烦):7!6!5!

儿子:五百!

王:五百什么?我让你走开!

儿子:你就借我点钱呗?

王:你没看我忙着呢嘛!

(儿子在王的桌子上看到一张纸,连忙拿起。)

儿子:这啥啊?

王(惊慌失措):别别别!

儿子:亲爱的贝微微,我的妈呀!给班花写的情书!今夜皓月当空,月色正浓……

(儿子嘴被王捂住。)

王:我借!

(儿子伸出巴掌,王与儿子击掌。)

王:借行吧?别说了,别说了……

儿子:多少钱?

王:五百!

儿子:我很满意。

王:你满意去吧!

儿子:哎呀,支付宝账号记一下哈。

王:多少?

儿子(边说边将外套脱下扔到床上):1590424××××。

王(指向观众):你们记住没?

儿子:我现在去取钱。

王:行,去吧去吧,哎哎,千万别说啊!

儿子:肯定不说!老王暗恋……

王:哎哎哎?你这张嘴!

儿子:肯定不说,我逗着玩儿呢!我脱衣服准备打球。

王:行!

儿子(边说边下场):老王给班花写情书啦!

王:这什么人啊!

(牛上场)

牛:哎,老王。

王:哎。

牛:我听说你给班花写情书了?

王:没有没有,不说那个。那个,今天兼职回来怎么这么晚啊?

牛:哎,老王我跟你说啊,今天我可干了一件大好事。

王:日行一善啊!

牛:我觉得我今年都能上感动中国了。

王:切!去年你也这么说。

牛:老王我跟你说件正事啊,上次我让你给我准备那点衣服,说是通过研究生西部支教团队送到西部献爱心的衣服,你准备了吗?

王:嗯嗯,准备了,准备了,都搁床上了。

牛:这些都是,是吧?

王:拿着拿着!

牛:哎呀,这西部孩子可享福了,这一件两件,又是阿迪又是耐克的,哎?这衣服挺新啊,拿着吧(把衣服装进包里)。

牛:我说老王啊,你别老搁寝室坐着,你看你那肚子!

王:你知道啥啊!这啊,都是知识!

牛:就你能贫(边说边下场)!

(儿子上场)

儿子:老王给班花写……

王:你那嘴就管不住吗,你!

儿子:不是哥,错了,错了。

王:你把钱还我!

儿子:这加起来才一千块!

王:算了,管不了你。

儿子:取完钱了,你看这,一二三四五,农民翻身做了主,六七八,六,六,六,老王我六、我钱呢?

王:你六什么六,钱不都给你了吗?

儿子:不是,今天早上我妈给我揣、揣外套里了……

王:外套?

儿子:啊!

王:呀! 你是不是放床上了?

儿子:我刚才这么一脱,在那呢!

王:刚才老牛回来,他捐衣服,送西部,献爱心去了。

儿子:然后呢?

王:就,带走了呗。

(儿子听完险些摔倒,被王扶住。)

王:哎哎哎,老朱你怎么了?

儿子:等会儿我捋一下啊,老牛。

王:对啊!

儿子:捐衣服。

王:是啊!

儿子:献爱心。

王:没毛病!

儿子:我的钱。

王:我的钱!

儿子:不是,你的钱在这呢。不是,不管谁的钱我今天都得把装备买了是不是?

王:赶紧找他去,找他去!

(牛拿书上场。)

牛:哎呀呀!

王:哎! 老牛! 正好,衣服呢?

儿子:你还敢回来?

王:衣服呢?

牛:都……都捐了啊!

王:都捐了?

儿子:最重要的是我衣服里面有五百块钱!

牛:有你五百块钱?

王:对,钱!

牛(直拍大腿):哎呀!你说这事闹的!我哪知道它能有五百块钱呢!

王:你不看一看啊?

(儿子捡起一张纸。)

儿子:这是啥啊?

牛(试图阻止):哎哎哎。

儿子:去,一边去!

王:医大二院缴费单?不,老牛,你有病了啊?

儿子:合着你拿着我的钱去看病了是不?

牛:老朱你别血口喷人啊!

王:老牛不是那人。

儿子:数都一样的啊,五百块!

王:老牛,怎么回事?解释一下啊!

牛:你不知道,今天早起啊,我看见一个老太太晕倒在学校门口,我就给她送医院去了,然后她没钱我就给她垫了五百。

王:老朱,你看。

儿子:苍天啊,大地啊,神仙姐姐下凡了?

牛:老朱,我是那样人吗?

儿子:就你还能干出这种事?咱再看看给哪个七大姑八大姨看病来了。

王:张丽娟!哎?你咋不出声啊?咋啦,不认字啊?

儿子:老、老牛,你给我形容形容今天早上扶的那个阿姨长什么样子啊?

王:你还好奇这个?

牛:那个阿姨身高一米六五左右,皮肤挺黑的。

儿子和牛:然后手里面提了一个袋子。

王:呀?都知道?

牛:你咋知道的?

儿子:妈!

牛:妈?

王:这还出来个妈?

儿子:不是,我妈!

王:你妈?

牛:不是,那是你妈?

儿子:医生咋说的啊?

牛:哎呀! 老朱你别急啊!

王:你先坐,你先坐。

牛:老朱你别急,别急,那个医生说了,你妈是因为长期营养不良导致贫血才晕倒的。

儿子:我妈今天早上给我送钱的时候,也没说这些啊!

王:早上?

牛:你妈今天……(摇头叹气)哎呀!

王:怎么不请进来坐坐啊你?

(儿子拿出手机,打电话。)

王:赶紧去把衣服要回来啊!

牛:对!

儿子:喂? 妈!

母亲:喂? 孩子,妈今天走的时候还忘了件事,还没给你唱生日快乐歌呢!

儿子:妈!

母亲(哼唱):祝你生日快乐,祝你生日快乐!

儿子:妈,我错了!

母亲:儿子,别哭了,妈也不好,一打电话就唠唠叨叨地让你学习,咱家是农村的,我和你爸都给不了你多好的生活条件,也正是因为这样,我们希望你能够靠自己的勤奋努力出人头地,将来能过上自己想要的生活。我和你爸啊,对你没有过多的要求,就希望你能够平平安安的,希望你每天快乐,你知道吗? 儿啊,自从你上了大学,我和你爸在家里就好像少了什么东西,找个想说话的人都没有,我们想你啊!

儿子:妈! 我错了! 你们供我上学供我读书,舍不得吃舍不得穿,我却在这里整天打游戏不学习! 你大老远来的,也没能让您来寝室坐一会儿,妈,我错了!

(牛、王上场。)

王:老朱,你别伤心了,现在知道就还不晚,“谁言寸草心,报得三春晖”,以后,咱拿好好行动来孝敬她!

牛:老朱啊,游戏咱就戒了吧,那就是个圈钱的怪物!那衣服我也给你要回来了。

王:别丢了。

儿子:老牛,我错了。

牛:你这不外道了嘛。

儿子:老王,我错了!

王:别说了!

牛:走,看咱妈去!

王:走,看咱妈去!

儿子:走!看咱妈去!

【思想启迪】

以感恩的心 走感恩的路 让人生温暖前行

大学生感恩教育是思想政治教育中的重要部分,也是大学生走向社会拥有"道德意识能力"的重要一环。学校遵循大学生的心理发展规律以及一系列的成长轨迹,运用一定的教育方法和手段,通过一定的感恩教育内容对大学生实施知恩、感恩、报恩和施恩的人文教育。大连海事大学作为一所具有海洋特色航海类院校,一直将感恩教育作为人才培养的重要组成部分,在学校开展各类感恩教育活动,传承中华传统美德,强化海大学子的责任意识。

寸草心——感恩父母

"百善孝为先",感恩教育的第一道门就应该是感恩父母,父母不辞辛苦地哺育抚养我们,无论何时他们总能关爱、宽容,为我们奉献和付出。在每年的迎新生文艺晚会上,总会有一个来自父母的短片,如《背影》《浓情话语》《父亲的一封家书》等,每一个视频都发人深思,都能让刚刚入学的学生们心有感触。感谢、感恩父母对我们的养育之恩;感恩父母的含辛茹苦的教育;感恩父母的鼓励和默默的支持;感恩父母无私的爱。一次次的感恩父母的教育鼓励更多的学生们发奋努力,体贴父母的辛苦,肯定父母的付出,并努力地回报父母。

授业心——感恩师长

"师者,传道授业解惑也",尊重教师、尊重长辈是一种礼仪,感恩教师、感恩长辈是一种优秀的品德,更是社会精神文明水平的体现。感恩教师需要实际行动:课堂上,学生们听课时的坚定目光、良好的学习成绩是对老师的感恩;校园里,良好的行为礼貌、见到老师时的问候,是海大学子对老师的感恩;每年学校都会进行诚信主题教育,也是海大学子对老师的感恩。

济世心——感恩社会

海大学子从入学到毕业，得到了全社会各界的帮助与支持：有国家奖助学金、企业奖助学金、企业以及社会各界工作单位提供的实习机会。学校对学生进行感恩社会的教育，教育学生们感谢国家的繁荣富强、感谢社会的长治久安。企业和社会的奖助学金，会鼓励获奖学生感谢相关的单位和个人，也会积极引导其参加社区以及相关组织的公益活动，展现海大学子感恩社会的济世心。

慧博心——感恩自然

学习生活单调、乏味、紧张，这时候接触大自然就成为我们释放压力、放松心情的最好选择。海大学子感恩自然，因为它让我们能够健康、快乐地生活，是大自然的蓝天白云、青山绿水、阳光雨露，让我们感受到了无尽的美好和舒畅。大连海事大学在校内开展光盘行动、开展环保类型的各类活动，引导海大学子珍爱自然，自觉保护自然与生活的环境；倡导尽快出台船舶环保产业扶持政策，为保护地球母亲的美丽和健康做出应有的贡献。

寸草心、授业心、济世心、慧博心是海大学子对父母、师长、社会、自然的感恩之心。教育引导学生拥有感恩之心是大连海事大学思想政治教育的重要部分，使学生塑感恩之心，树感恩之德，倡感恩之风，行感恩之举。

求真·篇

《绽放》
《向往》
《蓝海故人》
《我的大学》

《绽　放》

【创作背景】

歌曲《绽放》是全国青少年高校科学营大连海事大学分营营歌。全国青少年高校科学营旨在让广大青少年感受科技魅力、科学家精神，进而培养其对科学研究的兴趣，并增进海峡两岸及港澳地区青少年间的友谊。青少年高校科学营大连海事大学分营于2013年成立，截至2018年年底，超过1 000名青少年营员参与到学校科学营活动中，超过2 000名海大师生参与了科学营的志愿服务。

2013年，大连海事大学正式加入青少年高校科学营，成为41所全国重点高校承办学校之一。学校围绕学科特色，开展普及科技知识，希望青少年营员们勇攀科学高峰，唤醒蓝色基因，怀揣蓝色梦想，为海洋强国的建设贡献青春力量。为更好地让青少年营员们感受到海大对他们的盛情邀约，学校努力营造科技文化齐头并进的学习氛围。海事分营的志愿者们以此为背景，共同写出这样一首团结向上、青春气息绽放的歌曲。

“去探索，让世界更开阔。”六年来，学校围绕学科特色，在青少年航海科学普及方面进行了有力探索。“少年航海家的一天”“深蓝行动”“跨越时空的航海之旅”“重现航海王者的荣耀”“瀚海鲲鹏”等活动得到了营员们的一致好评，并连续四年入选特色活动案例。2018年，大连海事大学再次被评为青少年高校科学营分营优秀组织单位。未来，大连海事大学科学营分营活动也将坚定初心，以传播科学知识、科学思想、科学方法和提高青少年科学素质为宗旨，引导青少年了解前沿科技知识、品味大师成长历程、感悟科学精神道德、立志勇攀科技高峰，为培养全面发展的高素质创新人才打下坚实基础。

【作品内容】

绽放

1=E $\frac{4}{4}$

♩=100

词曲：鲍登科（物流工程2008级）

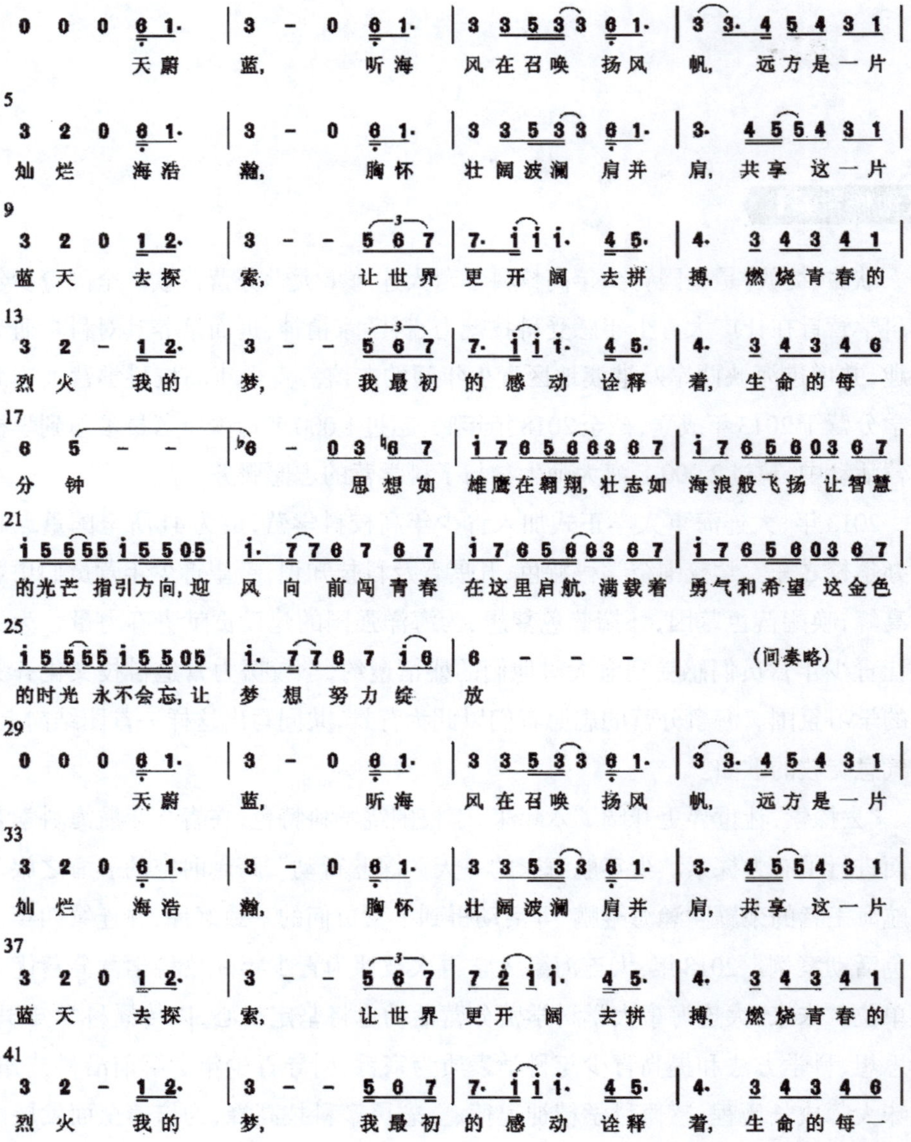

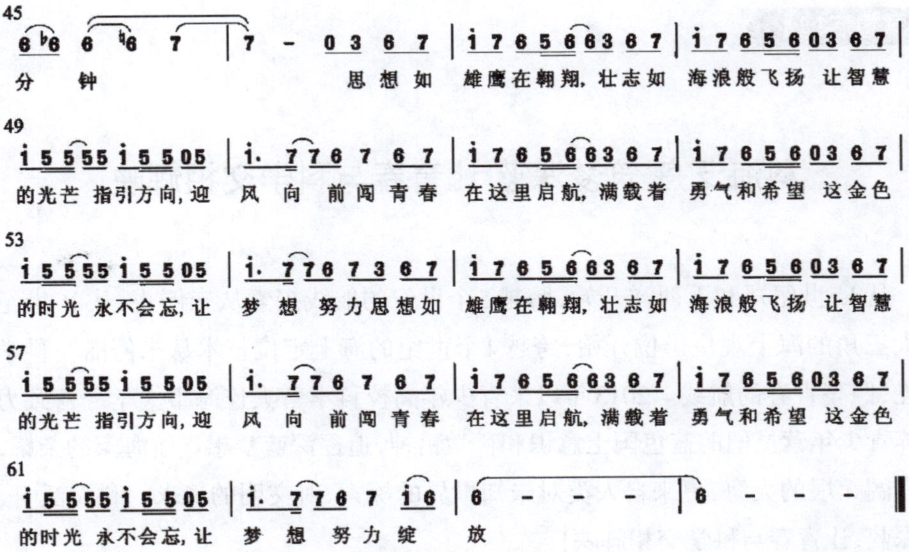
45
分 钟 思想如 雄鹰在翱翔，壮志如 海浪般飞扬 让智慧
49
的光芒 指引方向，迎 风 向 前闯 青春 在这里启航，满载着 勇气和希望 这金色
53
的时光 永不会忘，让 梦 想 努力思想如 雄鹰在翱翔，壮志如 海浪般飞扬 让智慧
57
的光芒 指引方向，迎 风 向 前闯 青春 在这里启航，满载着 勇气和希望 这金色
61
的时光 永不会忘，让 梦 想 努力绽 放

绽放二维码

【思想启迪】

科海泛舟 筑梦深蓝 让青春与科学交相辉映

从15世纪郑和下西洋开始，跨越5个世纪的航线探索从未停止；从16世纪百慕大三角的海上观星辨位开始，跨越4个世纪的海上定位技术从未停滞。科学是曙光，照亮青春的航线。2013年以来青少年高校科学营大连海事大学分营致力于培养青少年营员们的蓝色国土意识和科学精神，追逐深蓝梦想。航海家的荣耀，来自广阔无垠的大海，更来自人类对未知世界的探索、对文明的追求。科海泛舟，筑梦深蓝，让青春与科学交相辉映！

梦想启航：科学体验，让青春不虚此行

正如歌中所唱："去探索，让世界更开阔；去拼搏，燃烧青春的烈火。"探索是科学发现的催化剂，同样是让青春与众不同的风向标。科学研究是大学的基本职能之一，大连海事大学始终在践行着。2013年，大连海事大学成为全国青少年高校科学营的承办单位之一，聚焦国家海洋强国和交通强国战略，将青少年高校科学营大连海事大学分营打造成服务社会的良好平台和有效载体。

党的十八大、十九大吹响了建设海洋强国、交通强国的进军号，海洋强国梦是实现"中国梦"的重要组成部分，需要大量的优秀人才作为支撑。大连海事大学作为我国高等航海教育的开创者，以服务国家航运业为己任，积极为国家培养和输送优秀人才。青少年高校科学营的举办，正是为学校更好地服务社会提供了良好的平台和载体。

注重科学体验，是大连海事大学分营开展各项工作的明确定位。营员们是来自祖国四面八方的高中生，他们正处于中学时期，正处于形成正确世界观、人生观、价值观的重要时期，这是培养他们的科学精神，向他们传播科学知识的大好时机。为了让青少年营员们更直观、具体地了解航海科学，大连海事大学分营以不同时期著名航海家的科学探索事迹为蓝本，构架起每次活动的主线。在具体的构思中，分

营以科学思维为横轴，将航海科学按照学科类别划分为若干个科学实践活动；以价值思维为纵轴，将每项活动与航海家背后的历史故事联系在一起。这样，不仅能够让营员掌握航海科学基本的学科框架，还能够让他们了解航海科学发展脉络，从两个维度向营员较为全面地揭示航海科学与人类社会进步的关系，从而扬起科技的风帆，为青少年营员们搭载科技的方舟，使其在科学海洋的巨浪中“坚定理想信念、练就过硬本领、勇于创新创造、矢志艰苦奋斗、锤炼高尚品格”！

拥抱海洋：航海青春分外蓝

“天蔚蓝，听海风在召唤；扬风帆，远方是一片灿烂。”蓝色，是历年来大连海事大学分营各项活动的总基调，也是学校彰显科学营活动科学性、科普性、独特性的重要载体，更是高校科学营实践活动的独特魅力所在。

大连海事大学分营依托世界最先进的专用远洋教学实习船——“育鲲”轮、国家级航海实验实训教学中心（航海模拟器、轮机模拟器）、航海训练与研究中心、水上求生训练馆、教学港池、游泳馆、天象馆、生物学研究所、物理实验室、船舶导航系统国家工程研究中心、航运发展研究院等充分的科技教育资源展示我国最先进的高等航海学府的科技水平和科研能力，并将科技教育资源同思政教育资源紧密结合，为营员搭建全面成长、超越自我的全新平台。6年来，得益于青少年高校科学营这个优质教育平台，学校围绕学科特色，在青少年航海科学普及方面进行了有力探索。“少年航海家的一天”主题活动以角色扮演培训的方式，带领青少年营员以少年航海家的身份，身临其境地体验航海家的生活；“深蓝行动”主题活动通过模拟海上救援遇险船舶，提升营员对信号通信、航线设计和船舶操纵等航海类专业知识的综合利用能力，使营员充分体验航海科学的魅力；“跨越时空的航海之旅”主题活动开设了“时空航海家”课程，旨在培养出可以在各个年代进行海上航行的顶级航海家；“重现航海王者的荣耀”主题活动主要通过简单易懂的知识点，使营员学习知识，提高本领，闯关成长；“瀚海鲲鹏”主题活动主要模拟鹏志初寻、背负青天、鲲入北海、羽翼渐丰等多个成长阶段，以符合青少年的年龄层次和知识结构，将航海科学以浅显的方式让青少年营员们接受。

青春绽放:青春因志愿而闪光

“我的梦,我最初的感动,诠释着生命的每一分钟!”丰富多彩、精心设计的特色主题活动是传播蓝色海洋文化的有效载体。众人拾柴火焰高,坚强有力的后勤保障以及贴心细致的人文服务是烘托海洋科学氛围的有力保证。学校后勤以及优秀志愿者要以实际行动服务青少年营员,以百分百的热情、深思熟虑的多方筹划,从细节渗透大连海事大学的特色文化与志愿服务精神。

集全校之力,为青少年高校科学营大连海事大学分营的各项工作顺利开展保驾护航,是海大的庄严承诺,也是海大人矢志践行的准则。大连海事大学分营志愿者团队由学校优秀学生组成,主要分为随队志愿者、活动执行组志愿者、宣传采编组志愿者、后勤保障组志愿者、讲解志愿者、接待组志愿者6组志愿者,各司其职。在营员组织方面,将大连海事大学半军事化管理特色融入其中,以排、连、营为组织编制,每10人为1个排,每4个排为1个连,每5个连为1个营。大连海事大学分营设营长1名。设副营长1名,为营员提供志愿服务。科学营每排设随队志愿者1名,每连设连队联络员1名,志愿者团队成员中基本保证在读研究生以及保送研究生的本科生占90%以上,中共党员占60%以上,并吸纳学校各界研究生支教团成员。志愿者团队成员全队拥有为大型志愿活动服务的经历,同时志愿者团队具有强烈的责任感和高效的执行力,他们作为高学历、高政治素养的蓝色海洋文化的传承者,为营员做出了社会公益服务的好榜样!

如果有人问:“青春是什么颜色的?”可能不同的人有不同的答案,但对于每一个参加过青少年高校科学营的老师、同学和志愿者们而言,答案或许是一致的——我的青春是蓝色的。了解海洋、认识海洋、拥抱海洋,让更多的青少年朋友们探索蓝色国土的奥秘,体验海洋科技的魅力,在感悟中提升新一代青年人的海洋意识,树立海洋国土观,实现建设海洋强国的“深蓝”梦想!

《向 往》

【创作背景】

歌曲《向往》是大连海事大学学生自主创作的校园正能量歌曲，主要歌颂了海大学子求真、求是、求实的求学风采和科研能力。大连海事大学学生专业技能大赛自2007年举办，每年都会针对不同专业学生的学习内容和特色，面向行业需求，举办不同专业技能等级大赛，实现各个专业的全覆盖。2017年，正值大赛举办10周年。大赛在充分激发学生学习兴趣热情、检验知识掌握程度和实际运用能力、推动学生参与学术科技实践、发现和培养创新型人才、拓展学生综合素质、为学生就业创造有利条件等方面发挥了积极作用。学生专业技能大赛始终坚持以赛促学、以赛育人的宗旨，将课堂专业教学、实践技能锻炼、创新创业教育融入赛事活动中。作为连续三年参与大赛的选手，底子杰同学对大连海事大学学生专业技能大赛这项赛事感触良多。团队成员从学长、学姐到学弟、学妹，每个人结合自己的专业知识与勤奋努力成为比赛团队不可缺少的一部分。基于此，底子杰同学写出这样一首不畏困难、青春追梦的歌曲。

正如歌词中所唱："无法阻挡梦想的滚烫，忘掉烦恼和忧伤，乘风破浪，寻找拥有梦的天堂。"这是这个大赛的参赛成员们自比赛创办以来不断前进、为了梦想拼搏奋斗的真实写照，也必将鼓励着更多的海大学子积极参与到大赛的征程中来。相信在未来的路上，学生专业技能大赛在学校"双一流"建设的影响下会越来越完善，海大学子参与大赛的热情将有增无减，每一个平凡的海大学子在大赛活动中的经验积累将成为其以后工作的有力臂膀，为建设"双一流"大学贡献自己的力量，为实现科技强国梦洒下自己的青春热血。

【作品内容】

向往

1=C $\frac{4}{4}$

♩=84

词曲：底子杰（计算机科学与技术 2016级）

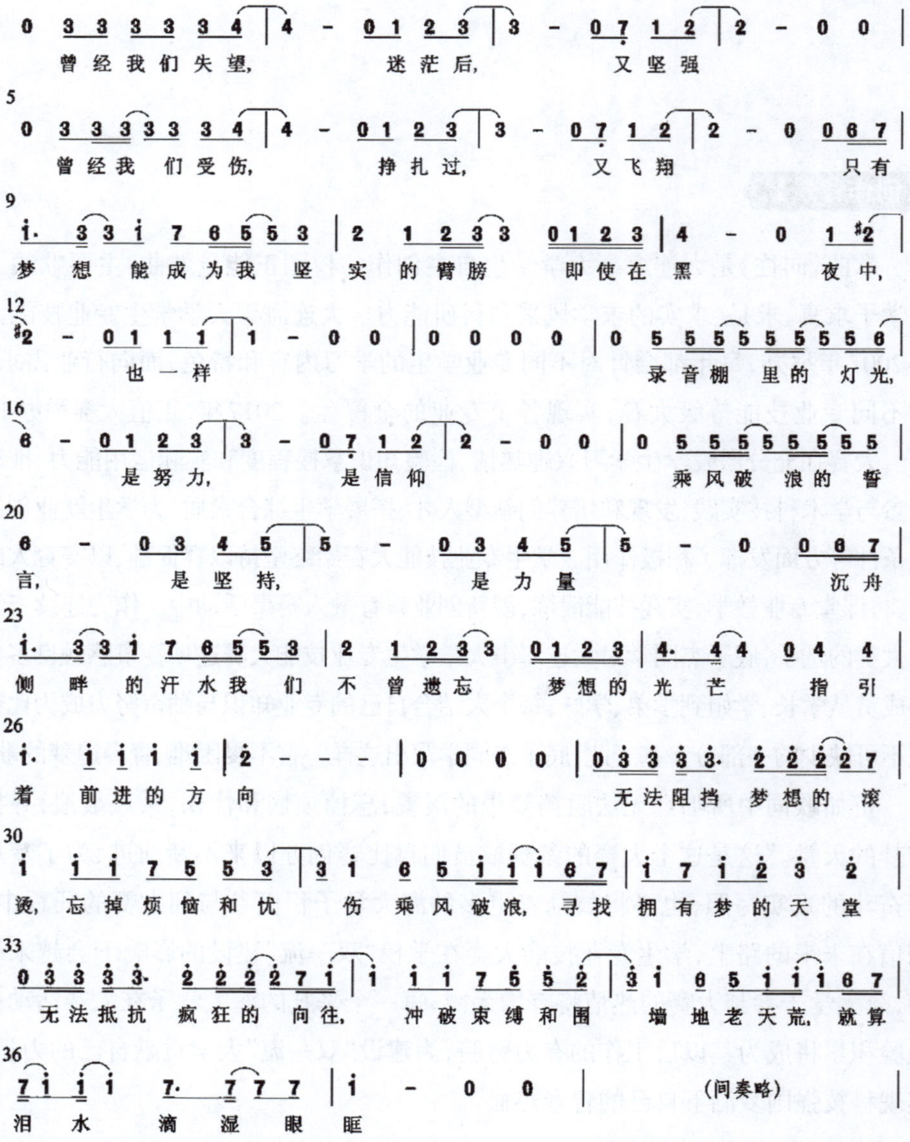

漫无边际的漂泊，怎么能不会彷徨，不断跌倒不断成
长 但想起，我的梦想还在 远方流浪，就拥有希望
青春就要用力歌唱 无法阻挡梦想的滚
烫，忘掉烦恼和忧伤 乘风破浪，寻找拥有梦的天堂
无法抵抗疯狂的向往，冲破束缚和围
墙地老天荒，就算泪水滴湿眼眶

向往二维码

【思想启迪】

科海扬帆 乘风破浪 让专业与拼搏绽放光芒

从海上船长业务的实践锻炼到编程语言的程序设计，从交通运输与物流类技能到外语口、笔译能力竞赛，从最大的航海学院到最小的物理系，从大一的学弟学妹到大四的学长学姐，从大连海事大学学生专业技能大赛到全国科技类竞赛，从2007年到2018年，12年的不平凡跨越是每一个年头的坚持不懈、每个参赛队员的挑灯坚持、每个办赛老师的全力付出。学生专业技能大赛开创了全国高等院校在这一领域的先河，未来且长，乘风破浪，让专业与拼搏绽放光芒。

勤学善思："专业技能"实现知识价值

理论联系实际是中国共产党的优良作风之一。党有号召，团有行动。大连海事大学团委始终坚持团结带领广大青年立足时代、立足交通、立足行业，学理论、学实务，充分发扬理论联系实际的学风，既要学好理论，又要勇于实践，只有这样，才能担当起建设交通强国的历史重任。学校坚定办学方向，为激发学生对专业学习的兴趣热情、检验学生对专业知识的掌握程度和实际运用能力、提高学生专业技能水平，开展大连海事大学学生专业技能大赛，将其作为"四商"培养的重要组成部分，让学生的思辨能力在专业知识的积累上绽放光彩。

2014年，习近平在北京大学师生座谈会上强调指出："广大青年要从现在做起，从自己做起，勤学、修德、明辨、笃实，使社会主义核心价值观成为自己的基本遵循，并身体力行地将其推广到全社会去，努力在实现中国梦的伟大实践中创造自己的精彩人生。"习近平的讲话为大连海事大学广大青年学子指明了未来的发展方向。就像歌中所唱："漫无边际的漂泊，怎么能不会彷徨，不断跌倒不断成长，但想起，我的梦想还在远方流浪，就拥有希望。"专业知识的学习不只是脑海中的想象，更应该是冲破束缚和围墙的技术实践，青年学生亦在学生时代上为实现中国梦增添自己的年轻力量。

2018年,习近平再次在北京大学师生座谈会上发表了重要讲话:"要力行,知行合一,做实干家。'纸上得来终觉浅,绝知此事要躬行。'学到的东西,不能停留在书本上,不能只装在脑袋里,而应该落实到行动上,做到知行合一、以知促行、以行求知,正所谓'知者行之始,行者知之成。'"大连海事大学12年来对学生专业技能与实践能力提升的坚持,是对"知行合一,做实干家"最好的诠释。

坚持举办学生专业技能大赛是学校实现科创育人的有效途径之一。学生专业技能大赛使学生在校期间就掌握在未来实际工作当中要具备的分析和解决问题的能力,使学生的能力素质更贴近国家发展的实际需求,是学校一直在不断探索的人才培养模式与理念,为培养青年一代更好地实现中国梦打下坚实的基础。

科创育人:公平严谨办科学赛事

"沉舟侧畔的汗水我们不曾遗忘,梦想的光芒指引着前进的方向。"大连海事大学围绕立德树人的根本任务,重点把握科创育人的思路,以专业技能等级大赛为平台,切实加强学生专业技能水平的培养、专业知识的掌握以及实践动手能力的培养,提升学生综合素质,增强学生就业竞争力。

学校坚持公平、公正、严谨的办赛理念,各学院根据自身专业特色开展相关专业技能大赛。航海学院根据专业特色开展港口文化知识竞赛、航海模拟器操作、航海技能大比武、航海气象知识竞赛、模拟IMO大会和海事案例分析大赛等;轮机工程学院发挥学院特长、开展金工工艺、轮机模拟器操作技能、电工仪表设计与组装、微小型动力/制冷装置发明创造等大赛;信息科学技术学院以编程语言为基点开展程序设计大赛、智能车竞速赛、物联网嵌入式设计大赛、ACM程序设计大赛;交通运输管理学院以物流管理为中心开展物流方案设计大赛、市场营销大赛、网络商务创新应用大赛、网站创意设计大赛、商业模拟大赛等;法学院以法律为基础开展金牌律师专业技能等级大赛等;公共管理与人文艺术学院依托文化内涵开展普通话等级大赛等;数学系综合数学知识开展数学建模大赛等;物理系根据热点物理知识开展物理技能大赛,等等。

多年来,学校以科学办赛、严谨办赛的理念,每年总结反馈,论证完善办赛的必要性和可行性;并成立学校和院系两级大赛组委会,协同办赛;校企合作,对接市场需求,争取校外资金赞助;充分发挥创新创业类社团"自我教育、自我管理、自我服务”功能，以老带新，形成良好传承。

开拓进取：以赛促赛获累累硕果

“曾经我们失望，迷茫后，又坚强；曾经我们受伤，挣扎过，又飞翔。”一年又一年的学生专业技能大赛是锻炼学生实践能力的良好平台，但是优秀的海大学子不囿于这个舞台，希望能够在国内更高层次的专业技能比赛中大放光彩。正是由于在学校搭建的平台上一次次的经验积累，才有了海大学子在更高层次舞台的脱颖而出。

学校部分专业技能大赛在组织上向国内高层次、高水平的大赛学习，针对比赛题目、评分标准、组织形式，结合自身情况，提高专业技能大赛的科学性、规范性、前沿性，通过平时专业技能大赛的积累，海大学子在此类相关专业技能大赛中表现突出。学校积极为学生争取与其他高校学生同台竞技的机会，并以校级学生专业技能大赛为依托，为国内高水平专业大赛的预备选拔赛事，输送了一批批专业知识突出、实践能力卓越的参赛队员，使同学们逐渐在国家级的赛事中崭露头角。

多年来，在学校专业技能等级大赛的培养下，海大学生的专业素质和能力取得了显著提高，学生也因此成为诸多科研项目的研发生力军。从专业技能等级大赛走出的多个科研项目在“挑战杯”、交通科技大赛等全国性赛事中斩获佳绩，为学生成长搭阶梯、建桥梁，助力学生的每一次成长。

《蓝海故人》

【创作背景】

《蓝海故人》是大连海事大学原创舞蹈。它是根据大连海事大学1999届校友李晓林的真实故事改编而成的。全舞分为相恋、出海、遇难等几个部分，讲述了李晓林与妻子的相恋过程、出海前的不舍、在海上遇难以及妻子得知丈夫死讯的感情变化的内容。贯穿整个舞蹈的故事性以及演员们的真情流露，使其成为一个荡气回肠又感人肺腑的舞蹈佳作。

《蓝海故人》《蓝海卫士》《王亚夫》等众多校园原创文艺作品都是以海大校友的真实故事改编的，展现出来的感染力也是独树一帜，受到了校内外专家和观众的一致认可。究其原因，海大校友身上独有的那种坚忍不拔、顽强拼搏、百炼成钢的精神才是真正吸引人的地方，这正与“坚定、严谨、勤奋、开拓” 相辅相成、交相辉映。

气质作为人重要的个性品质，是一个人的内在修养和外在行为谈吐、待人接物的方式等的总和，高雅的气质总能给人一种美的感受。那么海大人的气质到底是什么呢？

从海大走出的学子，将这些励志理念在生活中贯穿始终。他们尚德修身，以圣人之言感怀当下，凭金玉良言清明心境；他们励志敦行，景仰大师风范、继承海事精魂，发奋于当下、成就于未来；他们感恩铭心，眷恋海大、感恩师长，饮水思源、回报母校；他们济世经邦，着眼于成就事业、润物无声，振兴航运、惠世强国。这是海大人血脉中流淌的“基因”，是海大人独有的优秀品格，是海大人的不凡气质。

【作品内容】

图7 《蓝海故人》剧照(一)

图8 《蓝海故人》剧照(二)

舞台上变换多姿的动作和感人肺腑的情怀是台下不辞辛劳一遍又一遍排练的凝聚,灯光照向舞台的那一刻,他们就是故事的主角。默默地努力和用心地坚持才是走向完美结果的通行证!

【思想启迪】

以海为家 爱国为根 涵养海大学子家国情怀

回望走过的路，海大始终与国家、与行业同呼吸、共命运。一百多年前，海大肩负“挽救航权，振兴国运”的使命而萌发创办，海大的诞生是历史的选择、行业的选择。中华人民共和国成立后，海大经三校合并成为当时唯一一所海事院校，成为国家航运振兴的先导力量。改革开放的春风让中国打开国门、百业复兴，让海大蓬勃发展、声名远播，成为国家航运发展的中流砥柱。多年来，海大学子秉承着对祖国的热爱、对国家命运的担忧，前赴后继，为国家涵养品格、奉献青春。

以海为家——彰显海大学子良好“家风”

蓝色是海的底色，也是海大人的青春底色。一群群海大男儿，以舞抒志，以形抒情，伴随着家国情怀的赞歌舞动青春。

以海为志、以海为业、以海为家是海大学子永葆的青春底色。经过110年的历史积淀，海大也在沧海桑田的变化中凝练出特有的“家风”。家风是包罗文化密码的中国书本，是建立在中华文化之根上的集体认同，是每个个体成长的精神足印。海大的家风始终与海相依、与海相连，成为滋养无数海大学子成长成才的精神财富。

进入新时代，大连海事大学始终以习近平新时代中国特色社会主义思想为指引，积极培育和践行社会主义核心价值观，创新思路、丰富载体，持续深化道德讲堂、家风家教主题教育等工作，深化拓展精神文明创建工作，让美德成为时代底色，让良好家风在校园内感染开来。

为弘扬海大的家风文化，深入开展家风家训主题团日活动，学校收集展览优秀家风家训作品，汇聚了来自五湖四海的家风家训。其内容丰富，涉及学习、生活、为人处事等多方面，体现出家长对孩子的殷切期望和谆谆教导，也展示出中华文化的源远流长以及海大学子的赤子之心。开展多次名家讲座，剖析了家庭文化和家庭教育对子女的深刻影响，通过具备优秀家风、家训的名人名家事例帮助同学们解读“家规、家训、家风”的深层内涵。勉励新时代的大学生要继承和发扬前人的智慧，将优秀的家规文化与时代特色相结合，努力向“齐家、治国、平天下”的目标努力奋斗。

爱国为根——“半军事化管理”铸形、铸魂

海大人的事业在大海上。正如舞蹈展现出来的那样，海上生活并不是一帆风顺的，有风浪，也有考验，但每一名海大人都选择了这种擦擦汗、咬咬牙的工作。海大人的人生信条是不抛弃、不放弃。

1963年，经周恩来总理批示，大连海事大学航海类专业实行半军事管理。学校将思想政治教育与军政训练相融合，实现学生军政素质双重提高。在日常军训中，以人民军队优良传统凝聚学生爱国拥军共识；在行军拉练中，以校史校情教育激发学生爱校荣校情感；在成果汇报中，以军人标准锤炼学生意志品质，让同学们在军训的健体塑形中挺拔灵魂，使军训更具思政味道，增添育人温度。

时至今日，大连海事大学已经形成了系统性的军事训练模式，在实践中探索形成了以“新生骨干培训—新生集中军训—新生接续训练—校阅方队训练—军政骨干培训”为架构的特色军事训练模式，并培养出一代代具有严格的组织性和纪律性、具有高度的爱国主义和国际主义精神、具有能适应在惊涛骇浪艰苦条件下工作的坚强气质的卓越海大人。

涵养品格——做有家国情怀的海大人

家是海大，国是中国，具有家国情怀是海大人的特质。正如舞蹈所展现出来的那样，在海上搜救中风浪肆虐，阴风怒号，面对突如其来的挑战，海大人不屈不挠，顽强拼搏，接受大自然的考验。

大连海事大学救助与打捞工程专业培养德、智、体、美、劳全面发展的学生，所在专业同学并未因救捞行业的艰辛和危险而动摇信念。不忘初心，方得始终，他们始终希望能够为中国救捞事业贡献力量。学校选派一批教师参与亚丁湾护航、北极通航、南极科考、“辽宁舰”航行安全论证及舰员培训等国家重大战略任务，选派专家为“东方之星”沉船事件提供智力支持，为国家的重大战略和任务贡献海大学

子的家国情怀。

“家国情怀”是中华民族传统的爱国观念；是一种凝聚人心、催人奋进的高尚情操；是使国家和民族傲然挺立，即使处于苦难困境也能获得希望的精神支柱。拥抱海洋、坚定严谨，是每个海大人不灭的家国情怀；守卫海洋、勤奋开拓，是所有海大人不变的坚定信仰。

《我的大学》

【创作背景】

舞台剧《我的大学》是大连海事大学2015级新生迎新晚会的剧目。该剧由校话剧团学生演绎，讲述了不同大学生所经历的不同大学生涯，使广大师生从中收获知识、收获成长、收获青春记忆。

为充分发挥共青团引领青年的重要职能，2018年6月，大连海事大学“新时代学生讲习所”正式揭牌。“新时代学生讲习所”依托马克思主义学院的习近平新时代中国特色社会主义思想研习宣讲团、中国特色社会主义理论学习研究会及各学院学生红色理论类社团，通过理论学习、理论宣讲、社会实践、读书沙龙、师生交流五大模块分层次开展学习培训。在“新时代讲习所”的“读书沙龙和师生交流”中，校团委以“鹏”字为核心，开展“有鹏来”系列读书沙龙交流活动。“鹏”取谐音“朋”。鲲鹏乘风欲起前，敛翅栖息海大中。鹏，载天之厚，瞰地之渺；渡浩瀚江河，击万里苍穹。以鹏为友，驾腾扶摇破空；与鲲结伴，遨游碧海蓝天。

该剧所讲述的三位同学从大学入学到毕业的学习生活历程，反映了青年学生们在大连海事大学这个大家庭中从青春懵懂的迷茫走向脚踏实地的成长过程。在“有鹏来”系列读书沙龙交流活动中，青年学生们明白了何为大学，大学为何，大学何为。他们在这里留下了每个人的成长足迹，既有失败时的意志消沉，也有成功时的踌躇满志，青春在这样的生活中扬帆启航。

【作品内容】

我的大学

第一场

(3人来到寝室。)

(人物性格:陈放——懒,进屋就睡觉;刘鹏来——自来熟、运动狂、很热情;冯一航——学霸。)

陈放:(进屋闻一下)嗯,这味道……不睡觉都对不起自己,这高中三年的觉和游戏我一定要补回来!不说了,先睡了!

刘鹏来:(进屋闻一下)到处都是运动的味道!在大学我一定要创建一个我自己的篮球队!哎!同学,你好,我叫刘鹏来,是你大学四年的舍友。(伸手要握手)

(陈放伸了一下手,继续睡觉。)

冯一航:(进屋闻一下)真是充满了书香气息呀!奖学金!我来了!你好,我叫冯一航,今后四年我们都住在同一屋檐下,以后请多多关照!

(定格)旁白:这就是我们的第一次见面,从这一刻起,匪夷所思的大学生活开始了。

第二场

刘鹏来:一航!一航!别看了!快看看我这正步踢得怎么样!哥们儿我被选入方队了!

冯一航:(拿尺量)一米二,还差一厘米(再抬高)。

陈放:哎呀,大清早的,来哥,能不能消停点儿啊!

(起床号响。)

刘鹏来:集合了,快走快走。

陈放:我不去,衣服还没换呢。

刘鹏来:来不及了。

陈放:再睡会儿,再睡会儿!

(众人将陈放硬生生地抬了出去。)

第三场

陈放:一航,还真有你的,说到就能做到。来,你大一的奖学金,这学期继续努力!

冯一航:正所谓,天道酬勤!

陈放:哥们儿,最近手头宽裕不?

冯一航:怎么了?

陈放:借我点儿钱呗?买个装备。

冯一航:你说啥?

陈放:借我点儿钱买个装备。

冯一航:不是,上半句。

陈放:最近手头宽裕不?

冯一航:不宽裕呀,咋啦?

陈放:真不仗义!

刘鹏来:哎呀,这天真热。一航,忙啥呢?

冯一航:我找本书。

刘鹏来:哎,你干吗呢?别坐我球。

陈放:我的床被占满了,我才坐你球的。

冯一航:哎呀,多大个事儿呀,吵什么吵。哎,这不是我的书吗,我明天考试还要用呢,你怎么还拿去扇风了。

刘鹏来:咋的了,不就是本破书嘛,扇扇也坏不了。

陈放:不就是个破球吗,坐坐也坏不了。

冯一航:把书还我。

刘鹏来:你竟然推我,你给我下去。

陈放:你竟然推我,(推开冯一航)你也上一边找去,别动我的床。

冯一航:哎,你推谁呐!

刘鹏来(对冯一航):你刚刚推谁呢?

陈放(对刘鹏来):你刚刚推谁呢?

众:就推你了,就推你了,就推你了。

刘鹏来:好,从此以后咱们恩断义绝,谁也别搭理谁!

陈放(哭):好,恩断义绝,呜呜……

冯一航:今后你们考试前谁也别来找我开小灶。

刘鹏来:你们想打球了也甭找我带你们,自己玩儿去。

陈放:好!你们睡觉!呜呜……

(刘、冯愣住。)

刘鹏来:不是,咱们至于嘛,咱们都认识多长时间了,我见你们比见我爸妈时间都长!

冯、陈:儿子!

刘鹏来:好,从今往后咱们恩断义绝。

冯一航:你再说一遍?

刘鹏来:从今往后咱们恩断义绝。

冯一航:有你没我!

(沉默)

独白——

刘鹏来:这次吵架,让我们冷战了好多天。

冯一航:我们的心里也都很不是滋味儿。

陈放:我们也想回到从前的三人组。

刘鹏来:我真想和他们说说话。

冯一航:我也真想和他们一起吃顿饭。

陈放:但却不知道怎么开口。

刘鹏来:这几天,我们一句话都没讲。

冯一航:连打呼噜都变得特别的安静。

陈放:通过这事儿,我明白,这男人就应该有个男人样儿!

刘鹏来:我发现,就算你能抛弃全世界,心里总还是有着兄弟。

(陈放去捡球,再传给刘鹏。)

陈放:走,打球去!

刘鹏来:走!打球去!

冯一航:走!

第四场:

(换衬衫,上场。)

刘鹏来:转眼我们到了大三,在繁忙的学业之余,我们都有了自己的生活。

(电话铃声响起。)

刘鹏来:喂?苗苗?是我,今天情人节,我能请你吃顿饭吗?(冲着其他二人)好,我马上到。

冯一航:咱不说好晚上一起吃饭的吗?

陈放:他爱去哪去哪!

(刘鹏来沮丧回宿舍。)

刘鹏来:去哪吃?

冯一航:你咋回来了?

刘鹏来:她、她跟她男朋友来的!

陈放:什么专业的?

刘鹏来:不知道!

陈放:叫啥?

刘鹏来:吴亦凡!

陈放:吴亦凡!下来!抢我室友女朋友,有种下来单挑!行了噢,十点半西山孔子像下面,别跑啊!

(陈放跑到刘鹏来身边。)

陈放:行了,他怂了!

刘鹏来:算了吧,我都听见了,你怂了。

冯一航:这点事儿至于这么垂头丧气的吗?你还有我们呢!跟你俩说个正事儿啊,最近咱们学院又搞了一个科研项目,我有个好点子,要不要加入?

刘鹏来:一航,之前你让我学习我都不情愿,但怎么我都跟你学了两年,算上我一个。

冯一航:好样儿的。

陈放:那个,我就算了,啥也不会,就睡觉了。

冯一航:相信自己,这也是种学习的方式嘛!

刘鹏来:对! 一起!

陈放:不嫌弃我?

刘鹏来:不嫌弃!

陈放:走着?

刘鹏来:走!

(三人进入状态,背景音乐起,睡觉,拍头,合电脑。)

陈放:看到兄弟们这么努力,我也有了学习的动力!

刘鹏来:大学三年,我们也看到了自己的收获。

冯一航:这一刻,我倍感骄傲!

(收光)

第五场

刘鹏来:(穿衣服)时光如水,岁月如歌。当你们还没想出就凭我们三个能做出什么项目的时候,转眼,我们毕业了。

冯一航:哎? 你这么唉声叹气的是怎么了?

陈放:上午大补考,没过,看来这桥头的煎饼果子我还得再吃一年了,大学前三年欠下的学习债是补不回来啦!

刘鹏来:兄弟,好好努力,明年的这个时候,咱们再聚!

刘鹏来:刚来大学的时候我以为对我最重要的是篮球,没想到最不舍的竟然是这本书。

冯一航:来的时候对我最重要的是书,没想到最不舍的竟然是这张床。

陈放:刚来大学的时候最不舍的就是这张床,现在却是身边的两个人。

刘鹏来:大学四年我收获了知识。

冯一航:我收获了健康。

齐:我收获了朋友。

陈放:大学不意味着放松。

刘鹏来:大学也不只是娱乐。

冯一航:大学最重要的是收获知识。

陈放:在这里有数不尽的资源和无数种可能。

刘鹏来:它们看不见摸不着。

冯一航:但只要你敢想,它都能帮你实现。

陈放:大学是青春。

刘鹏来:大学是梦想。

冯一航:大学是我们幼稚的过去的终结。

刘鹏来:是我们美好未来的开始。

冯一航:谢谢四年的陪伴。

陈放:走吧。

冯一航:兄弟。

刘鹏来:后会有期。

齐:未来是你们的,好好干!

【思想启迪】

鹏程万里 扶摇破空 让梦想与鲲鹏遨游天空

从知识渊博又严谨幽默的教授到学富五车又蕙质兰心的导师;从迷茫懵懂又满怀期待的学弟、学妹到青春励志又热血激情的学长、学姐;从专业科学到家长里短;从党政干部到思政教师再到学生青年,“有鹏来”系列活动以轻松开放的“讲习”环境,实现思想领航、逐梦引航、智慧护航、成长导航。“有鹏来”读书沙龙系列活动为老师和同学们提供这样一个以朋友身份交流的平台。这里没有枯燥乏味的知识点,没有难懂又难记的公式,更没有如铁一般的规矩,有的只是老师的经验与大家的故事。大连海事大学的莘莘学子在这里让梦想与鲲鹏遨游天空。

思想领航:“书香海大”营造读书氛围

2015年3月,李克强总理在第十二届全国人民代表大会第三次会议中指出:“繁荣发展哲学社会科学,发展文学艺术、新闻出版、广播影视等事业,重视文物、非物质文化遗产保护;提供更多优秀文艺作品,倡导全民阅读,建设书香社会。”以李克强总理的报告为指引,“有鹏来”系列活动倡导建设“书香海大”,弘扬尊重知识、崇尚文明的阅读理念,引导海大学子养成良好的阅读习惯,营造浓厚的多读书、读好书的校园文化氛围,共享读书乐趣。

2017年5月,习近平在中国政法大学考察时强调:“青年处于人生积累阶段,需要像海绵汲水一样汲取知识。广大青年抓学习,既要惜时如金、孜孜不倦,下一番心无旁骛、静谧自怡的功夫,又要突出主干、择其精要,努力做到又博又专、愈博愈专。特别是要克服浮躁之气,静下来多读经典,多知其所以然。”习近平的话激励着海大学子。海大青年以“有鹏来”系列活动为学习交流阵地,以珍惜韶华、潜心读书、敏于求知为发展目标,做到德智体美全面发展,立志毕业后为祖国和人民施展自己的才华,实现自己的人生价值。

2018年,习近平在北大师生座谈上说:“大学阶段,‘恰同学少年,风华正茂’,

有老师指点，有同学切磋，有浩瀚的书籍引路，可以心无旁骛求知问学。此时不努力，更待何时？要勤于学习、敏于求知，注重把所学知识内化于心，形成自己的见解，既要专攻博览，又要关心国家、关心人民、关心世界，学会担当社会责任。”“良师”是陪伴着你的名家学者，而“益友”是安静摆放着的书籍。青年，要跟随着心中的信仰，不惧怕苦心修行的冷气。往上走，才有勇气、才有光亮。

培养学生喜欢读书、热爱读书、分享读书的兴趣爱好是营造“书香海大”的有效途径。学校组织通过“有鹏来”“鹏辈汇”“鹏友说”“教授下午茶”等形式，面向全校青年学生广泛开展小规模、互动式、有特色、接地气的面对面宣讲交流活动。青春海大人携着梦想披荆斩棘。最初时，他们茫然地来到大学这个象牙塔，差点恐慌地丢掉梦想，但是他们记得，在迷茫时，要守住心中的远方。因为，有阴影的地方，必定有曙光。

教育启迪：“有鹏来”有朋友到来

大连海事大学“鹏友”系列共包括四个篇章：鹏友说、鹏辈汇、有鹏来和教授下午茶。丰富多彩的系列活动不仅让学校强烈的社会责任感如山般屹立在我们面前，更是如海般广阔而包容——学汇百川，德济四海，浩海纵鲲鹏！能成为千万海大人中的一员，是平凡世界里的小小英雄梦想。这份梦想指引着海大学子不断向前追寻新的远方，让我们在书籍的天堂里徜徉，让我们在名家与教授的谆谆教导中蜕变，让我们将肩上重担化为软绵绵的云朵。它载着我们在深蓝大海中漂荡，像一片纯白的叶子，闪烁着坚定的金芒。

2016年11月，第一期“鹏友说”拉开序幕。它为老师和同学们提供一个以朋友身份交流的平台，这里有展翅蔽日之鲲鹏，踱荆涉棘后沉淀的光影；这里有笑意温暖之挚友，谆谆劝慰里汩动的深情；这里有通元识微之言说，至德要道中蕴寓的哲理。2017年10月，由共青团大连海事大学委员会倡导发起“有鹏来”读书沙龙，每期都会邀请一位重量级嘉宾讲授一本经典作品，讲授完后，同学们可以自由交流。它为广大爱书者提供了一个畅抒己见的平台，进一步在全校形成“爱读书，读好书”的氛围，从而推动校园文化建设。2017年11月，“教授下午茶”活动正式开启，畅谈之时不乏闲家话语，茶香之中已富学识五车。大连海事大学学生会开设的首栏茶话会活动，每期活动将邀请到知名教授，与大家同坐共话，面对面交流，答疑解惑，共话古今。2018年3月,“鹏辈汇”活动正式展开。它是通过邀请优秀的学长学姐向同学们分享读书经验和人生经历的大型读书交流活动,旨在让同学们交流读书感想,为迷茫的同学提供人生方向的指引。

从2016年到2018年,“有鹏来”读书沙龙系列活动已经开展了三年,为海大学子打造了一个让人向往的自由学习环境。总有些稍纵即逝的闪光瞬间,让千篇一律的生活变得绚烂,也让我们更加真切地感受到自己的存在。我们青年,是中国的脊梁,即使有千万理由,也要将重担往肩上扛。

力行·篇

《与你同行》
《海大人》
《海的追寻》
《那时花开》

《与你同在》

【创作背景】

歌曲《与你同在》是大连海事大学研究生支教团团歌。大连海事大学研究生支教团成立于1999年。自成立以来,共有157名研究生支教团志愿者分赴青海、四川、西藏、云南等4省(区)6县11校开展为期一年的接力扶贫支教工作。

2018年,正值海大研究生支教团成立20周年。对于海大学子20年来扎根西部、志愿服务的精神风貌,以及多年来在支教团的接力服务下,支教服务地基础教育事业的不断发展和振兴,第19届研究生支教团成员崔安迪深有感触。他接触了很多曾经参与支教团的前辈们,当年的很多故事让他感动,每个人没有惊天动地的壮举,只是希望以自己的微薄之力,为西部地区的教育环境带去一点变化。当每个人奉献的光彩都逐一闪亮乡村的天空,每一份小小的力量都将汇聚成西部最美的光芒,来过的陪伴就是最美的感悟。基于此,崔安迪和底子杰两位同学共同写出这样一首展现支教生活、体现支教精神的青春励志歌曲。

正如歌词中所唱:“你想知道的我都愿意去讲,险峰高不过我的信仰。”这是这个团队的青年们20年里不断从象牙塔奔赴祖国西部支教的真实写照,也必将鼓舞、温暖着更多海大研究生支教团成员们踏上西部支教的旅程。面向未来,支教团中每一名成员都将继续坚定信仰,勇担使命,在为国奉献、为民服务中传承和弘扬支教精神,在各自平凡的岗位上,实现最美丽的奋斗青春的誓言,在实现中国梦的伟大实践中书写别样精彩的人生。

【作品内容】

与你同在

作词:崔安迪 (物流管理 2013级)
作曲:底子杰 (计算机科学与技术 2016级)

1=C $\frac{4}{4}$

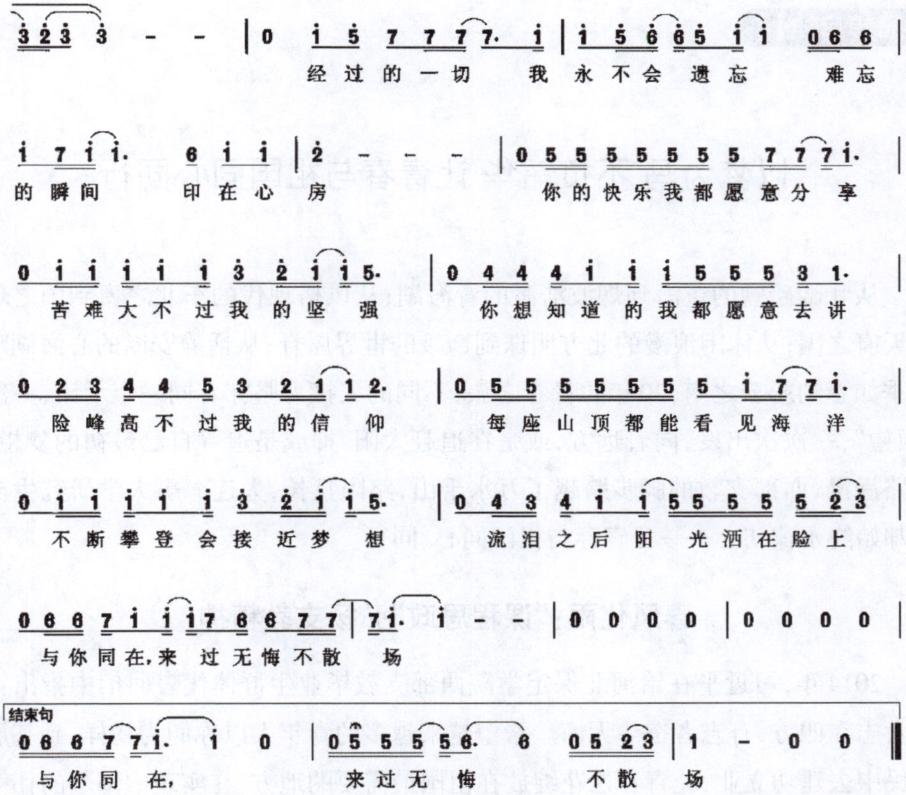
经过的一切 我永不会遗忘 难忘
的瞬间 印在心房 你的快乐我都愿意分享
苦难大不过我的坚强 你想知道的我都愿意去讲
险峰高不过我的信仰 每座山顶都能看见海洋
不断攀登会接近梦想 流泪之后阳光洒在脸上
与你同在,来过无悔不散场
结束句
与你同在, 来过无悔 不散 场

与你同在二维码

【思想启迪】

以梦为马 不负韶华 让青春与祖国同心同行

从壮阔磅礴的黄海到烟波浩渺的青海湖;从风格现代的东北之窗到国之瑰宝的天府之国;从休闲浪漫的北方明珠到巍峨的世界屋脊;从恬静安谧的心海湖畔到四季如春的彩云之南,20年的青春之旅,不同的人接力坚守着同一个承诺,一次次“西望”,一次次出发,向着远方,或是在追赶太阳,抑或是追寻自己最初的梦想,支教路漫漫,西部支教的脚步跨越了万水千山,路阻且长,大连海事大学研究生支教团却始终永葆初心——让青春与祖国同心、同行。

春风化雨:“课程思政”弘扬支教精神

2014年,习近平在给河北保定学院西部支教毕业生群体代表回信中指出:“好儿女志在四方,有志者奋斗无悔。希望越来越多的青年人以你们为榜样,到基层和人民中去建功立业,让青春之花绽放在祖国最需要的地方,在实现中国梦的伟大实践中书写别样精彩的人生。”总书记的殷切教诲为西部支教工作指明了方向。海大研究生支教团牢记嘱托,力行奋进,以服务西部为横,以志愿青春为纵,用爱心之笔绘制出一幅奉献祖国的完美坐标。正如歌中所唱:“为了理想,绽放光芒,梦想的力量不可估量。”海大研究生支教团的理想在于用努力点亮西部的未来,让青春之花绽放在祖国最需要的地方。

2016年,时任中央委员、交通运输部党组书记、部长杨传堂同志在给支教团回信中,对青年学生坚定理想信念、传承和发扬支教精神、在服务基层中成长成才做了重要指示,为海大研究生支教团致力交通强国建设提供了重要指导。正如歌中所唱:“每座山顶都能看见海洋,不断攀登会接近梦想。”西部基础教育事业的发展需要一批批青年志愿者矢志不渝的奋斗,交通强国的建设需要一代代中国交通人兢兢业业的无悔付出。海大研究生支教团在平凡的支教工作岗位上时刻为交通强国梦贡献着青春力量。

2018年,全国政协副主席、交通运输部党组书记杨传堂同志再次对研究生支教团工作做出批示:“鼓励青年大学生激扬青春梦想,温暖教育希望,让青春之花绽放在爱国奉献中,在实现中国梦的伟大实践中书写别样精彩的人生。”一年支教路,一生西部情。海大研究生支教团20年的爱心奉献之旅既是在祖国最需要的地方建功立业的一场生动实践,也是在服务基层的青春接力赛上撰写着一部立德树人的生动教材。

推进“课程思政”是落实立德树人根本任务的有效途径之一。育人者必先育己,一方面,学校成立“大连海事大学研究生支教团工作室”,出版支教工作相关书籍,举办工作室成立20周年系列纪念活动;海大研究生支教团成为所有海大学子关注西部、情系人民、心系基层的思政教育窗口。另一方面,正己者方能正人,海大研究生支教团在支教服务地开展“集结在星星火炬旗帜下”理想信念教育、“藏汉一家亲,情浓一生缘”民族团结教育、“尺素传情,共话蔚蓝海洋梦”海洋强国教育等系列活动,成为第二课堂开展“课程思政”教育的成功典范;海大研究生支教团也在立德树人的实践中凝练了支教精神,这也成了海大研究生支教团继续扎根西部、服务基层的直接精神动力。

润物无声:教书育人孕育累累硕果

“你想知道的我都愿意去讲,险峰高不过我的信仰。”三尺讲台是孕育梦想的摇篮,传道授业关乎学生的前途和未来,责任厚重,使命崇高。海大研究生支教团将高质量地完成好教育教学任务作为支教服务工作的生命线,因地制宜,根据不同服务地学生的实际情况,有针对性地开展教育教学工作。

在青海同仁县,海大研究生支教团积极开展“家校合力”工作,与家长建立直接联系,共同帮助学生克服厌学情绪,激发学习兴趣,提高学习效率;在四川南部县,海大研究生支教团推出“心灵关怀”计划,主动走近留守学生,将学业辅导与心理辅导紧密结合,与学生交朋友、结友谊、建感情,建立和谐互信的师生关系;在西藏桑日县,海大研究生支教团把维护民族团结放在了首位,主动学习西藏历史文化,积极融入当地生活,通过走访交流等方式,进一步拉近师生关系,努力营造民族和谐氛围;在云南永仁县,海大研究生支教团陆续开展启航计划、七彩计划、筑梦计划、深蓝计划等,服务范围涵盖永仁县小学、初中、高中的全部年级。

多年来,海大研究生支教团负责教授数学、语文、英语、科学、音乐、美术、体育等课程，人均周课时量约为20节，累计服务班级约350个，服务学生约1.1万人次，有效地缓解了服务地学校师资力量不足、教学水平不高、教学任务繁重的现实困难。在工作中，又十分重视尊重学生课堂主体地位，引导学生自主学习、高效学习和兴趣学习，使学生从“要我学”转变成“我要学”。教书育人工作卓有成效，孕育出累累硕果。

扶贫济困：精准扶贫助力国家战略

“挺着火热的胸膛，付出汗水的渴望，经过的一切我永不会遗忘，难忘的瞬间印在心房。”西部的部分地区地处偏远，环境相对闭塞，经济发展水平较低。走出大山、走向大学、走向未来是孩子们心底的梦想。海大研究生支教团积极致力于精准扶贫国家战略，突出物质资助和情感关怀，服务当地经济社会发展，助力扶贫开发。

海大研究生支教团建立服务学校贫困生档案，充分利用互联网等手段，采取线上与线下相结合的方式搭建资助平台，建立了“贫困生信息采集—网上信息发布—联络洽谈—物资接收—物资发放—信息反馈”的工作机制，保证工作公开化、透明化。除此之外，海大研究生支教团还建立西部“1+1”和“笑暖童心”等志愿服务项目。其中，西部“1+1”项目平台争取到的援助资金及各类物资累计价值超过517万元人民币，走访足迹遍布同仁县97%以上村落，获得资金资助的贫困学生超过750人次；“笑暖童心”志愿服务项目仅在2015年就为桑日县中小学生累计捐赠物资19.6万元，并与大连海事大学附属学校学生建立友谊关系，促进爱心情感交流，互通书信230余封，创新开展情感资助新模式。此外，海大研究生支教团还与交通运输部东海第一救助飞行队等数十家企事业单位、社会团体和个人建立不同程度的合作资助关系，正在祖国西部为打赢精准扶贫攻坚战奉献着自己的青春力量。

习近平在全国教育大会上指出：“我们的教育必须把培养社会主义建设者和接班人作为根本任务。”西望青川山海阔，藏文于教爱无疆；南生彩云江河丽，授知从心情四方。大连海事大学研究生支教团将以习近平新时代青年思想为指引，用砥砺奋进诠释出要做最美的格桑花的青春誓言，将志愿服务转化为“课程思政”的生动实践，转化为激昂梦想的青春勇气，转化为济世经邦的海大责任。与你同在，与青春同在，与祖国同在。以大连海事大学研究生支教团为代表的全体海大人将继续勇担使命，在为国奉献、为民服务中传承和弘扬支教精神；在汲取基层营养、向人民群众学习中成长成才；在实现交通强国梦的生动实践中放飞青春梦想，书写人生华章。

《海大人》

【创作背景】

歌曲《海大人》是大连海事大学传播度最高的原创歌曲之一。该歌曲展现了“同舟共济、艰苦卓绝、科学航海、爱国为根”的海大传统，表现了一代代海大人的良好风貌，弘扬了为航运事业前赴后继的海大人精神。

大连海事大学源于1909年设立的邮传部上海高等实业学堂船政科。1911年创办邮传部上海高等商船学堂；1912年更名为吴淞商船学校；1915年停办；1929年复校后更名为交通部吴淞商船专科学校；1937年再度停办；1939年于重庆复校并更名为国立重庆商船专科学校；1946年更名为国立吴淞商船专科学校；1950年与交通大学航业管理系合并成立上海航务学院；1953年，上海航务学院与东北商船学校的东北航海学院合并组建大连海运学院，同年福建航海专科学校并入；1960年，学校被确定为全国重点大学；1985年，世界海事大学在学校设立分校；1994年，学校更名为大连海事大学；1997年，学校成为国家“211工程”重点建设高校；2017年，学校进入国家“一流大学和一流学科”建设高校行列。

大连海事大学的百余年的发展历史，代表了中国高等航海教育的发展历程。学校在民族饱受外辱、国运衰败之际萌发创办，并肩负着“挽救航权，振兴国运”的历史使命，虽几经周折、历经磨难，但始终薪火相传、不断发展，培养了一大批海大人——航运事业的栋梁之材，为振兴和发展国家航运事业做出了重要贡献。

【作品内容】

海大人

词曲：鲍登科（物流工程2008级）

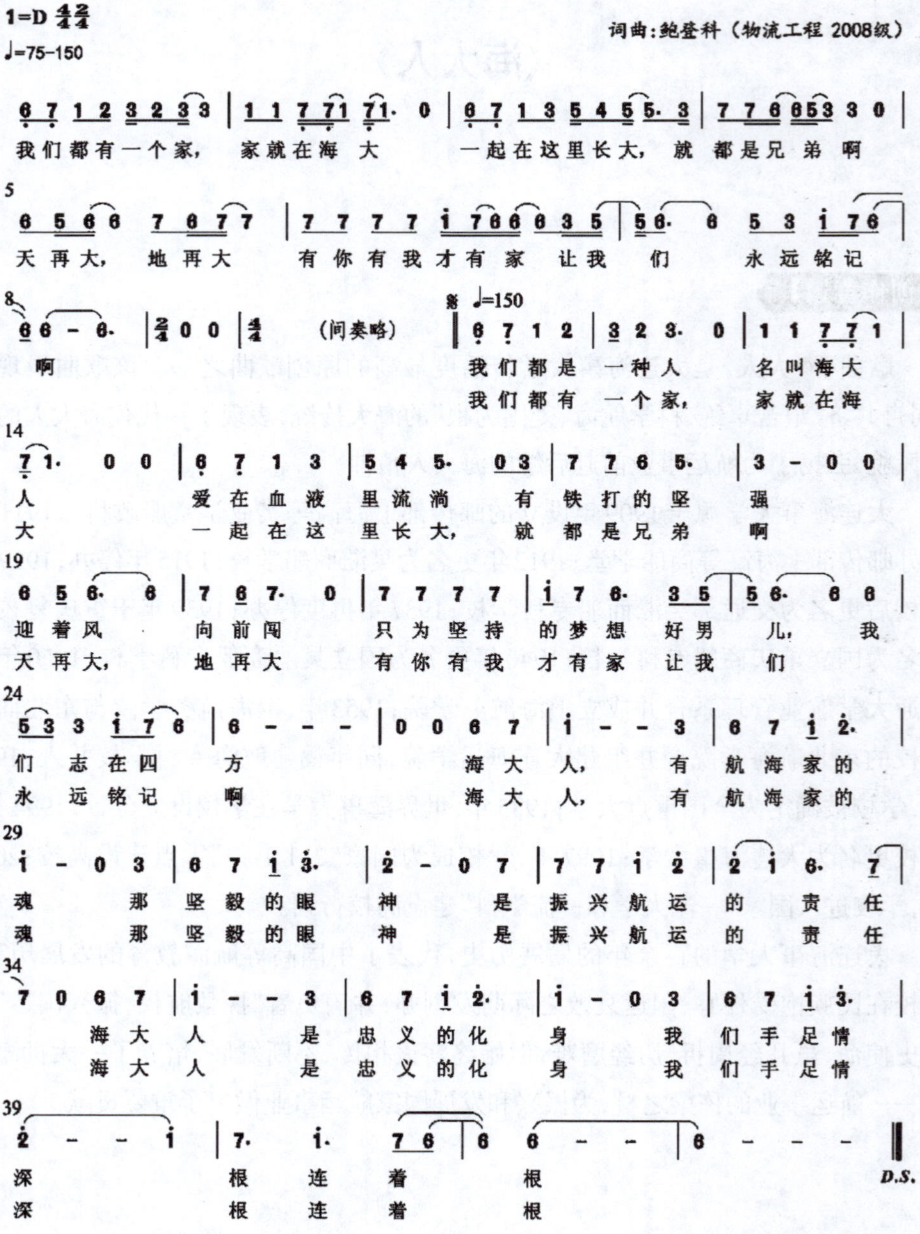

海大人二维码

【思想启迪】

以海为业 转身向海 在海大抒写壮美航运诗篇

大连海事大学自成立之日起，始终与中国高等航海教育同宗同源，同呼吸、共命运，伴随着近代中国的饱经沧桑，蒙受战火洗礼，但以航运报国的初心始终不改，哺育着一代代海大人以海为志、以海为业，以青春之笔书写着投身航运、心系交通的时代之歌，让青春与祖国交通运输事业同心同行。

海大之梦——与时代同根

海大有一个梦想，这个梦想的种子，在1909年由邮传部高等实业学堂船政科种下，在四十余载的吴淞商船学校变迁中艰难生长，终于在渤海之畔扎根挺拔，开枝散叶，这个梦想就是强国梦！海大的强国梦几多风雨、历经沧桑，却又始终如一。这一漫长困难的逐梦之旅让海大更加成熟稳重、更加坚定热忱、更加担当执着。面对交通强国建设的历史使命，海大人迎面而上、勇挑重担，无论是“和谐号”动车曲轴损坏修复，还是“辽宁舰”靠离泊实操训练，海大人为众多国家工程注入了海大技术、提供了海大智慧、做出了海大贡献。“海大人，有航海家的魂，那坚毅的眼神是振兴航运的责任！”这一句歌词正是无数海大人在各自工作岗位上为航运事业坚定奉献、执着追求的真实写照。

中国的强盛复兴离不开科学技术的指引，更离不开人才的教育培养。现在的中国比历史上任何时期都更接近实现中华民族伟大复兴的宏伟目标，也比历史上任何时期都更加渴求人才，人才已经成为驱动创新的第一资源。而海大，作为交通运输行业创新图强的人才基地，一直秉承着工匠精神和开拓创新的教育思维，重视海大学子们的创新意识和实践能力，坚持培养和挖掘学子们的潜力，让海大人敢于创新、善于创新，练就真正的本领，成就国家和民族蓝色海洋梦。

青春有梦，面对征途大海，就不会退却；海大有梦，面对滚滚波涛，就不会动摇；交通有梦，面对时代浪潮，就不会停歇！面对未来，海大人乘梦想巨轮，行稳致远，走向一流。

海大之记——与航运同行

大连海事大学作为“航海家的摇篮”，用源远流长的历史积累和沉淀出了独具特色的海大文化。海大文化在校园中慢慢丰富的楼层建筑、草木风景中沉淀；在代代传承、理想坚定的海大人身上沉淀；在“学汇百川，德济四海”的校园文化里沉淀。最终沉淀出了“坚定、严谨、勤奋、开拓”的海大精神，沉淀出了同舟共济、艰苦卓绝、科学航海、爱国为根的海大传统。

这首歌正是海大文化的载体，是海大文化的结晶。歌曲中蕴含的海大精神分别代表了：坚定——船锚——海大人像船锚一样信念坚定、目标坚定、意志坚定；严谨——船钟——海大人像船钟一样严谨求真、严谨求实、严谨求是；勤奋——船桨——海大人像船桨一样脚踏实地、努力工作、无私奉献；开拓——舵轮——海大人像舵轮一样开拓进取、开拓向前、开拓发展。

而歌曲中体现的大连海事大学传统，正是：同舟共济——休戚相关、患难与共，体现风雨同舟的团结精神；艰苦卓绝——力排万难、追求卓越，体现自强不息的超越精神；科学航海——崇尚科学、钻研技术，体现追求真理的科学精神；爱国为根——热爱祖国、热爱海洋，体现勇于奉献的爱国精神。

大连海事大学坚持注重以文育人、聚焦主题、创新形式、搭建平台的思想政治工作思路在当前的新形势下显得愈发闪耀和突出，大连海事大学用自己的方式向师生表达着独具特色的海大文化，让海大文化成为海大人提高素养、培养品德的重要支撑。海大的情商文化教育工作一直是学校的特色工作之一，新生歌咏演讲比赛、迎新晚会、“百团大战”社团招新等精品活动让学生感受文化的魅力；辽宁省大学生网络商务创新应用大赛、全国数学建模大赛、大学生科技创新年让学生感受创新文化；升旗仪式、半军事化管理、军训汇报表演等半军管文化是学校特色文化的载体呈现；积极探索与生动实践使海大学子在文化传承创新中增强文化自信，逐步探索形成了以思想道德文化为龙头、知识文化为基础、审美文化为追求的文化育人格局。

作为中国航海界的领军高校和世界航海界的著名高校，大连海事大学在交通运输教育方面的经历和经验是无可比拟的。海大以海一般的胸怀和魄力，源源不断地为中国航海事业和世界航海事业提供着一批又一批优秀人才。海大学子们也在那广袤无垠的大海中完成着祖国和人民交给的历史使命，为世界航运事业贡献着自己的力量。当看到航海图纸上那密密匝匝的航线、那大海中劈波斩浪的万吨巨轮、那海事学子走出来的千人方阵、那感恩桥上铭刻海大校友姓名的一块块方砖的时候，海大精神铭记于心，筑存于魂。

海大之情——与海洋同生

“爱在血液里流淌，有铁打的坚强”用一种特殊的方式将海大校训“学汇百川，德济四海”做出了一种通俗的诠释。是的，在前辈们的召唤之下，海大学子将不惧怕任何的艰难险阻，有能力、有决心去拼搏我们的人生：“迎着风，向前闯，只为坚持的梦想。”海大的特色校园文化注定我们海大会有一个独具魅力的群体，每个海大人都会经受历史赋予的历史使命，风疾如何？海大将逆风而上！浪险如何？海大踏浪而奔！

进了大连海事大学，就是海大人！“位卑未敢忘忧国”，作为一个海大学子，有责任和义务为学校和未来发展提出期望；对于每一个迎着朝阳和巨浪走来的海大人来说，承接海大学术传统，承担传递知识火炬重任，以科技报国之志、学术兴校之责，续写海大新的篇章；对于每一个有理想有抱负有追求的海大人来说，手挽手去建设海大的明天，去振兴中国的海洋事业。大连海事大学，是一所储才兴邦的高校；是一所特色鲜明的大学；是一所以文化人的学校，就像歌词中写道：“有你有我才有家，让我们永远铭记啊。”从海大出发，向深蓝进军，海大学子努力成长为具有“国际视野与民族精神、海洋意识与社会责任、广博知识与发展潜质、创新精神与实践能力、健全人格与健康体魄”的高素质创新型人才。

海大人在最美的青春年华里，在海大校园里实现人生价值的增加。实现价值增加，要志向先行，高瞻远瞩，举旗定向；实现价值增加，要立德先行，晓理明德，引领风尚；实现价值增加，要本领先行，积蓄力量，厚积薄发；实现价值增加，要实践先行，勇于突破，守正创新。

海大人在这片深蓝中汲取养分，储备知识，积蓄力量；在这方天地中纵情驰骋，追寻理想，增加人生的价值，成为勇立潮头、敢为人先的海大人！

海的追寻

【创作背景】

《海的追寻》(如图8、图9所示)是海大学子自主编排的舞蹈,充分体现出海大学子“以海为志,以海为业”的崇高理想。舞蹈是人类最早创造的无声的符号语言系统,在人类初期的各种生活中,具有传达、叙事、表意以及自我表现的种种功能,以求与自然界沟通,与他人沟通。

当前,中国特色社会主义进入新时代,构造积极向上的校园文化氛围在培养德智体美劳全面发展的合格建设者和可靠接班人中起到至关重要的作用。中国高等航海教育承担着为建设交通强国培养源源不断高素质海事人才的历史重任。“一专多能型”人才越来越受到行业青睐,这就要求学校必须大力加强人文素质和科学精神教育,不断培养全面发展的新时代海大人。

《海的追寻》非常鲜明地体现了对于海的向往、对于海的追求。这与大连海事大学的文化建设理念不谋而合。正如舞蹈中所展现的那样,在那片深蓝色的大海中,有多少令人向往的希望,在追寻的路上,我们历经风险,历经艰难,最终驶向蔚蓝色的大海。梦想,是属于我们这一代的。我们对“海文化”的建设,不仅是向学生灌输专业知识、培养各种技能,而且要把学生引向广阔的精神领域,拓宽他们的视野,发展他们的个性,提高他们的综合素质。建设海文化的目的就是让海大学子实现以人的自由全面发展为追求的最高目标,以先进文化指导校园文化建设,精心培养和呵护海大学子的人文精神。

【作品内容】

图8 《海的追寻》剧照(一)

图9 《海的追寻》剧照(二)

【思想启迪】

深蓝青春梦 让大学之旅彰显“海”的底蕴

多年来，大连海事大学始终致力于培养高素质海事人才，从而更好地传承和创新蓝色海洋文化，以更好地发挥引领和传播蓝色海洋文化的海大使命，系统开展中国航海史、中国水运史研究，深入挖掘蓝色海洋文化内涵。依托教学实习船“育鲲”轮、“育鹏”轮、海大展馆、特色实验室等载体，打造中国特色海洋文化传承创新平台。学校发起成立“中国航海实习船共享联盟”，为百余名联盟成员学生、港澳台地区及新加坡学生提供随船实习机会。完成第四届全国文明单位复核工作，获批继续保留“全国文明单位”称号，获评“全国五四红旗团委”、首届中国郑和航海风云榜“最受欢迎的航海类院校”，育人成效十分显著。

知路远，守本根，致力于交通强国建设

大连海事大学110年的辉煌历程丰富展现了海大人走过的光辉历程和取得的令人瞩目的成果，让同学们领略一代又一代海大人的精神风貌以及在建设交通强国、海洋强国征程中做出的突出贡献。

校团委以“爱海大，强交通”为主题，组织开展了形式多样、主体突出的团日活动，坚定青年学生建设交通强国的理论自信和道路自信，不辜负党和国家赋予的时代责任和历史使命。为建设海事领域人才高地，大连海事大学深化教育教学改革，完善全过程、全方位的协同育人体系，着力培养具有国际视野与民族精神、海洋意识与社会责任、广博知识与发展潜质、创新精神与实践能力、健全人格与健康体魄的高素质海事人才；建立一支以海事高层次专家学者为领军、以国家急需的海事高级专业技术人才为骨干、以中青年学术新秀为中坚、以优秀青年人才为生力军的高水平人才队伍，旨在打造具有海事特色和世界影响的新型智库。

无论是在大学生创新创业实践活动、“挑战杯”、“希望杯”中，还是在学术交流方面，海大学子始终秉持着“以海为志”的信念，在航海、船舶制造等方面斩获不少成果。这些活动积极落实了交通运输部关于勤学苦练服务交通强国、海洋强国建设，同舟共济筑梦世界一流海事大学的构想，让同学们在建设交通强国的伟大征程

中凝聚创新智慧、贡献海大力量。

汇百川，济四海，营造浓郁学习氛围

多年来，大连海事大学严谨治学，无论是在“以海为志”的校园特色文化建设方面，还是在学生就业以及学术钻研方面，都依旧秉持着对海洋的坚持，正如舞蹈中所展现的那样，即使梦想在那片蔚蓝色的大海，即使路途艰难，成功来之不易，实现梦想的那一刹那，依旧选择将自己的一生奉献给大海，这不仅仅是追寻，更是一种向往、一种传承。因此，“以海为业”成为众多海大学子的人生信念以及追求。从校园文化建设的特色到人生信念的传承，海事大学始终如一地秉持着对海的坚持、对海的向往、对海的责任。这也是众多海大学子选择投身于海洋事业的重要原因。

从入学开始，大连海事大学秉持着让海大学子感受“以海为业”的教学理念，从多方面开展有关海洋教育，让广大学子深入体会海洋的广阔无垠，体会蔚蓝色大海上的无限可能。

首先是课程安排，从陆上专业到海上专业，都有相关于海洋建设、海事管理等课程，让同学们刚入大学便了解海：海的模样、海的发展、海的世界。除此之外，不仅是基础课程，在选修课程方面，也满足大部分同学对海更深层的追求与向往，特设立海洋军事、潜艇设计、船舶原理等具有海大特色的选修专业课，旨在让同学对“以海为业”有一个最初的概念，专门培养特色海洋新型人才。

在社会实践方面，部分同学在寒假积极参加“母校行”“寒假企业行”等校内外实习和实践活动，从而明白了大学生社会实践是引导我们学生走出校门、走向社会、接触社会、投身社会的良好形式，是培养锻炼才干的好渠道，是提升思想、了解社会、树立服务社会的思想的有效途径。参加社会实践活动，有助于在校大学生更新观念，吸收新的思想与知识。虽然短时间的社会实践一晃而过，却让学生从中领悟到了很多东西，而这些东西将会终生受用。社会实践加深了大学生与社会各阶层人的感情，拉近了大学生与社会的距离，也让大学生在社会实践中开阔了视野，增长了才干，进一步明确了青年学生的成才之路与肩负的历史使命。社会是青年学生学习和受教育的大课堂，在那片广阔的天地里，我们的人生价值得到了体现，为将来更加激烈的竞争打下了更为坚实的基础。不仅如此，开展社会实践也是在为培养海事型人才做好准备、做好储备。现在处于新的发展时期，我们需要更多的人才，不能仅满足于当下对人才、对学术的需求，时代在进步，而身处发展海洋强国时期的我们，以及每一代人，都负有责任。“以海为业”是广大海事学子的梦想，是追求、是向往。

锚初心，担使命，立德树人再出发

不久前，大连海事大学第五次党代会成功召开，始终坚持把改革继续推向深处，促进海事高质量发展。为了让海大学子充分体会具有海事特色的教学，将“以海为业”为己任，大连海事大学在教学方面进行了一系列的创新。

一是着力加强海事特色学风建设，树立海事学术意识，增强学习素养，提升学习站位，把海洋学习放在首位。二是着力提升监管水平，谋划交通强国的海事篇，创新监管模式，坚持问题导向，具体问题具体分析。三是着力推进改革创新，适应国家战略发展需要，深化海事教育管理体系，加强管理体制和制度创新，应对智能航运挑战，推进数字海事教学建设，完善海事教学管理。四是着力提高教学团队素质，坚持新教学理念，明确目标、注重培养、抓好激励、文化铸魂，建设一个经验丰富、素质优良的海事教师团队。五是着力深化国际合作，发出具有中国海事特色的声音。所有的改革方向都是围绕着让广大学子“以海为业”成为自己大学四年的目标。正如舞蹈中所展现的那样，自己的梦想就在前方，没有一艘适合自己航行的船，又如何能到达成功的彼岸。现如今，大连海事大学就是为广大海事学子量身打造的“梦想之船”。

大连海事大学通过各种形式的文艺宣传活动将“以海为业”“以海为志”的精神传承，在建设海洋强国的现有环境下，构建与其相适应的现代化综合交通运输体系，着力架好交通强国的“四梁八柱”，建设“八大体系”，这也是大连海事大学始终如一在坚持的事情。正因如此，广大海大学子在如此教学环境下接受培养、进行锻炼、进行成长，我们才能真正地将“海大精神”作为自己的信念刻在心上。

《那时花开》

【创作背景】

舞蹈《那时花开》(如图10所示)是大连海事大学学生自主编排、自主设计、自主演绎的舞蹈作品。随着党的十九大和全国教育大会胜利召开,中国高等教育发展迎来新契机,回答好“培养什么人”这个极富有哲理性的教育之问成了如何贯彻落实立德树人根本任务的重要前提。

德智体美劳的全面发展是对培养新时代人才的根本要求,因此,素质教育显得尤为重要。舞蹈《那时花开》即表现出“爱”的正能量,爱父母、爱祖国……

大连海事大学在建设特色校园文化的同时,开展各种文艺宣传活动。心中有爱,才能奋力拼搏。《那时花开》就是讲述这样一段故事:首先是从爱父母讲起。“天地之性,唯人为贵。人之行,莫大于孝。”孝敬父母、尊老爱幼是中华民族自古以来坚守不渝的价值取向,是炎黄子孙千秋不变的人格追求,也是对青年学生最基本的道德要求。我们担负着传承中华民族优秀传统美德的重任,更应该时刻不忘父母的养育之恩,把孝敬父母的优良传统发扬光大。

只有感恩父母的人,才会感恩母校、感恩社会、感恩时代、感恩祖国,这样的人生才会多一份获得感,也才会更有意义。爱小家才能爱大家,大连海事大学在人才培养中始终重视厚植学生的家国情怀。

【作品内容】

图 10 《那时花开》剧照

【思想启迪】

守小家 爱大家 厚植家国情怀

待生如子，爱校如家。大连海事大学在人才培养中坚持营造“家”文化，让学生在“家”中修德治学，健康成长，从小家着手，从大家着眼，厚植家国情怀。

守小家——在感恩父母中成长

回想童稚，面对蓝天，我们一无所知，心中藏满解不开的谜；如今，我们凭借强劲的双翅翱翔天空，去寻找那未知的答案。还清晰地记得，开学前父母为我们收拾行囊的那一刻，手不停，嘴不停，那一声声的叮咛里包含着他们多少个不放心，包含着他们多少个牵挂。

古人云：“老吾老，以及人之老；幼吾幼，以及人之幼。”我们不仅要孝敬自己的父母，还应该尊老爱幼，尊敬师长，团结友爱，用我们的实际行动在全社会营造出敬重父母、学会感恩、立志成才、报效祖国的良好氛围，这不仅仅是社会赋予我们的使命，更是新时代大学生的责任。我们用自己的行为回报自己的父母，勤奋学习，刻苦钻研，取得优异的成绩，让孝敬父母之花处处开放，让孝敬父母之情处处流淌。

羊有跪乳之恩，鸦有反哺之义；父母之爱，恩重如山。时光易逝，青春几何。我们虽然无法留住岁月，却可以让父母之恩永驻心中。我们要承载着父母的期望，勇敢地肩负起时代赋予的崇高责任，从我做起，从一点一滴做起，孝敬父母，知恩感恩，争当弘扬中华民族传统美德的先锋；努力锤炼品德意志，勤奋刻苦学习，争当发奋成才的先锋；学会关爱他人、关爱社会、乐于奉献，争当报效祖国的先锋，与祖国共奋进，与时代齐进步，“未来属于青年，未来取决于青年，未来更需要青年去创造”。我们一定能够牢记使命、不负重托，倍加珍惜大好时光，充分利用良好的学习条件，在刻苦学习、报效祖国中谱写光辉灿烂的青春之歌。

爱大家——在报效祖国中成才

我们每个人都有自己的母亲,但我们还有一个共同的母亲,她就是祖国母亲。滔滔的长江、滚滚的黄河、连绵不断的山路,都属于我们伟大的祖国。在近代,当侵略者的铁蹄践踏我们美丽山河的时候,每一个有良知的中国人脸上流着泪,心中淌着血。为了心中神圣不可侵犯的祖国,他们在黑暗中摸索,在屈辱中抗争。古往今来,一曲曲悲歌、一个个惊天地泣鬼神的故事,都讲述着一个简单而朴素的信念:祖国母亲在我心中。当代大学生是祖国的骄子,是新时代的主人,是炎黄子孙;海大人一直用一颗感恩的心,以实际行动报效伟大的祖国。

大连海事大学十分重视思想政治工作,不断完善"十大育人体系",学校特有的半军事管理模式更能体现海大思想政治教育的成果,充分体现学生的爱国热情。

近年来,航海科技迅猛发展,船舶自动化程度大大提高,但海难事故发生率依然高居不下。国际海事组织的调查表明:80%以上的海难事故是由人为过失造成的。当然,人为过失的原因是多方面的,有业务不精的一面,但更主要的还在于人员的综合素质不高。因此,IMO相继制定了STCW78/95等一系列公约。海事院校推行质量管理体系为的就是通过提高航海教育与培训的质量来全面提高学员素质,以实现IMO提出的"使海洋更清洁,使海运更安全"这一目标。我国要想实现从航运大国向航运强国转变的目标,就必须加快对航海类人才的培养,不断提高培养质量,以适应市场需求。因此,我国航海院校必须加强对航海类专业学生的敬业精神、集体精神、吃苦精神、服从意识、法律意识的培养,实行半军事化管理。艰苦的训练让学生们学会了独立生活、自我管理和自主学习。航海类的工作本身就很特殊,集中体现在它具有艰苦性、危险性、涉外性、复杂性等方面,这些特殊性决定了对船员素质有特殊要求。他们大多是独生子女,上大学前一直被父母无微不至地呵护着,如果没有坚定的信念和强烈的爱国心,是无法坚持那样艰苦的训练和严格的半军事化管理的。半军事化管理使他们树立了正确的人生观,学习人民军队热爱祖国、全心全意为人民服务的优良传统和"我为人人"的无私奉献精神。

弘扬爱国精神，补足精神之“钙”

大连海事大学坚持以各种形式培养学生的爱国精神。入学后为时一个月的军训，使学生的过度依赖得以“断奶”，使之逐渐学会依靠自己、独立生活和自我教育、自我约束，使自己的行为实现由他律到自律的转变，使他们懂得集体的意识和奉献的意义，使之从狭小的自我中走出，塑造一个全新的自我。军训中，同学们坚定着信念，勇敢地向前，不惧前进路上的泥泞坎坷，不惧冲锋路上的枪林弹雨。当汗水融合泥土，当前方的道路崎岖不平，勇敢的海大人依旧匍匐向前，一切都为了胜利的芳香，向着目标前进，我们永不服输，因为青春总是在风雨中走过。

进行汇报表演的方队赛时，激昂的旋律、矫健的步伐、标准的队列动作……整齐划一的行进方队在乐曲的律动间走出了海大人的斗志昂扬。一次次练习，每个人的动作愈加标准；一遍遍融合，队伍间的配合更加默契。汗水浸透的海魂衫更彰显出青春的意志坚不可摧，完美的呈现就在眼前。

赛艇队是一个集海上、陆地训练，旨在培养海上运动健儿的团队，在那里，同学们不仅可以每日一起迎接东山体育场六点的朝阳，亦能于一叶扁舟中同心协力奋力前进。他们是一个团队，更是一个家庭。

国旗护卫队，一届又一届的国护人，用自己的汗水和呐喊为国旗的鲜艳上色，不担心自己身上有多少伤，只关心五星红旗的每一次飞舞，他们为五星红旗保驾护航，进一步弘扬了爱国主义精神，他们为大连海事大学树立最高大的榜样。

建设有中国特色社会主义的伟大时代，是一个英才辈出的时代。在这样一个时代，大学生肩负着全面建成小康社会、实现中华民族伟大复兴的历史重任；也正是这样一个时代，为大学生施展聪明才智、实现报国之梦提供了良好条件和广阔舞台。为了明天更好地报效祖国，海大学子正把自己的爱国热情和理想报负融入刻苦学习、掌握本领的热忱之中。

全面建设小康社会、构建社会主义和谐社会是极为崇高而繁重的历史任务。大学生要在实现这一历史任务中真正有所作为，不但要有爱祖国、爱人民的满腔热情，而且要有服务祖国、造福人民的真才实学。进入新时代，知识与人类社会发展空前紧密地联系起来，科学技术作为第一生产力的作用更加显现出来。报效祖国，振兴中华，海大学子与时代同步，勤于学习、善于求知，集中精力、只争朝夕。

在和平年代,爱国不是扛枪作战,也不是勇战沙场。对于青年人一代来说,爱国,不需要有惊天动地的誓言,爱国是一种本能,是朴素而又深厚的情感;爱国是一份忠诚、一份感恩、一份回报,更是一种行为。海大人的爱国行为是为建设交通强国添砖加瓦,为实现中华民族伟大复兴的中国梦贡献青春力量。海大人正以实际行动践行他们的爱家情怀与爱国热情。